冰心散文奖
获奖作家散文自选集

弹奏塞罕坝的歌

刘 芳 著

民主与建设出版社
·北京·

图书在版编目 (CIP) 数据

弹奏塞罕坝的歌 / 刘芳著 .—北京：民主与建设出版社，2021.11

ISBN 978-7-5139-3697-2

Ⅰ.①弹… Ⅱ.①刘… Ⅲ.①散文集—中国—当代 Ⅳ.① I267

中国版本图书馆 CIP 数据核字（2021）第 212876 号

弹奏塞罕坝的歌
TANZOU SAIHANBA DE GE

著　　者　刘　芳
责任编辑　周佩芳
出版发行　民主与建设出版社有限责任公司
电　　话　（010）59417747　59419778
社　　址　北京市海淀区西三环中路 10 号望海楼 E 座 7 层
邮　　编　100142
印　　刷　三河市金元印装有限公司
版　　次　2021 年 12 月第 1 版
印　　次　2021 年 12 月第 1 次印刷
开　　本　710 毫米 ×1000 毫米　1/16
印　　张　13
字　　数　200 千字
书　　号　ISBN 978-7-5139-3697-2
定　　价　49.80 元

组　　稿：中国散文学会

总 主 编：周　明　红　孩

执行主编：凌　翔

序　把你的风景写在我的风情里

——读刘芳绿色散文集《弹奏塞罕坝的歌》随想

红　孩

相对于城市来说，我们生活在农村的人，特别是生长在山区林区的人，是不是都可以说我们是大森林里的孩子。我觉得，这话一点都不过分。其实，就整个地球而言，即使是城里人，他们也应该被视作大森林里的孩子。到大森林里去，这曾经是无数少年儿童的梦想。可是，当我们真的长大了，我们又去过几次大森林呢？

20世纪90年代初，北京有一批作家，如袁鹰、黄宗英、王蒙、张抗抗、陈建功、周明、阎纲、张仲锷、高桦、张守仁、崔道怡、舒乙、赵大年、王宗仁、徐刚、李青松、查干、石湾、刘茵、郭雪波、方敏等几十位作家在国家环保局的支持下，成立了中国环境文学研究会，还创办了专发环境文学作品的文学刊物《绿叶》，搞得风生水起。我是90年代中期参与这个组织的，开始觉得环境文学很稀奇，后来时间长了，就慢慢融入其中，在创作中便有意写一些与动物植物相关的散文。为此，我也曾下过决心，这辈子就写环境文学了。然而，决心好下，要真正的身体力行，长期坚持，还真就不是一般人所能做到的。

2000 年前后，国家环保局举办了第一次环境文学奖评奖，评得认真，获奖的也是实至名归。其中就有来自承德的作家刘芳。我那时与刘芳还不熟，之后与他的侄子著名诗人刘向东、刘福君聊天中才得知，刘芳乃是刘向东的父亲、著名乡土诗人刘章的本家兄弟。在文坛，一家出四个作家、诗人，且都加入了中国作家协会，这在全国是绝无仅有的。我与刘章、刘向东、刘福君交往甚多，友谊笃厚，一直没有机会认识刘芳。不过，我知道刘芳住在北京中国现代文学馆东门外的芍药居小区。

2017 年五六月间，我收到女诗人王晓霞给我的一个短信，她说她为刘芳老师的绿色生态散文写了一篇评论，希望在我主编的报纸副刊上给发一下。这期间，习近平总书记对塞罕坝林场的批示正在引起社会反响，能发刘芳老师专写塞罕坝散文的评论我求之不得，很快就发了出来。不久，刘芳老师通过王晓霞跟我取得了联系，我顺便向他约写关于塞罕坝的散文。刘芳老师几十年专事散文创作，重点写塞罕坝，应该说，他是绿色生态文学最早的践行者之一。只是由于他生活低调，不擅于向外张扬，致使他的文学成就和他的名声不大相符。我在发表了刘芳老师的新作《弹奏塞罕坝的歌》后，他和王晓霞约上作家周明、赵晏彪与我一同见面小酌。席间，刘芳和周明老师两个 80 岁老人欢乐开怀，竟然喝了一瓶多白酒。如果不是我拦着，他们喝两瓶也是有可能的。刘芳老师说，他从承德市文联退休后一直居住在北京，他很少与外界交往，一门心思看书，写绿色生态散文，这些年陆续出版了七八部散文集。我问他最近有新作要出版吗？他说他正要跟我说这件事，说着，他从手提袋里拿出一部书稿，说是专门写塞罕坝的，暂定名《塞罕坝精神颂》，希望我能给写个序言。我说塞罕坝我去过几次，也写过散文，不过比起您来，那可差得远，写序最好请个德高望重的。刘芳老师说，他一直欣赏我的散文，而且我还负责着中国散文学会工作，在散文界说话举足轻重，特别是我多年也在从事生态文学的写作，由我来写序言是再合适不过的人选了。见刘芳老师十分诚恳，我拗不过，只好听命了。

塞罕坝是一座机械化国营林场，始建于1962年。这地方在河北和内蒙古交界的坝上，过去为皇帝狩猎的地方。这使我想到我的出生地北京双桥农场。我们那个农场建于建国前夕，前身为日本的军用农场，后为国民党特务组织励志社的副食品基地。1950年，新中国最早成立的农业机械化农机学校就建在我们那里，为新中国农业建设做出了巨大贡献。我想，这塞罕坝机械化国营林场，其示范作用也该和我们的农业机械化农机学校的作用差不多吧。关于塞罕坝的历史，刘芳老师在其系列散文中多次写到，如："1962年2月，从全国19个省市区、24所大中专院校抽调100多名大中专毕业生和新招的工人共364人，组成一支绿色大军，奔赴坝上，开始了前所未有的绿色征程"。今天的人们，面对塞罕坝150万亩大森林，谁能想到这里当年却是杂草丛生的不毛之地，根本看不到一棵一米高的树苗，可是，年轻的塞罕坝人硬是本着"先治坡、后治窝，先生产、后生活"的原则，经过几代人的艰苦奋斗，终于向党和人民绘出了一片绿色的林海！如果说我们过去只知道有大庆精神、北大荒精神、大寨精神，那么今天，我告诉你，我们还有一个塞罕坝精神！这些精神，就是中华民族生生不息、创造历史、改造世界的奋斗精神！

或许是从小生活在山区的缘故，刘芳对树木花草有着天然的感情，这为他后来专事绿色生态文学的写作埋下了伏笔。在刘芳的笔下，塞罕坝是有生命的，是充满活力的，他虽然不是塞罕坝的职工，可他早已把自己置身于塞罕坝了。我很惊叹于他对塞罕坝的生动描写，在他的笔下，雨中的塞罕坝是这样的：下过一阵小雨，整个林区像是洗了一个清水澡似的更加清新明媚了。那些放荡不羁的灯笼花、大碗花和五味子，像淘气精似的，互相追逐嬉戏，顺着老树的脊背，一个劲儿地朝上爬，一直到老树的梢头，才披散开来，像灯笼一样在林中高挂；站在地上的柳兰花、虞美人、野芍药，虽不能爬树攀高，但也毫不气馁示弱，它们争奇斗艳，各显神姿，用最美的颜色，在林地上织成一幅幅花的地毯、花的锦缎，让人见了，真有置身于迷宫之感。（《林趣》）而冬日里的塞罕坝则是：那滚滚而来的狂风，像海浪在咆哮，似万马在奔腾。它们像醉汉一样舞弄着雪花，遮天蔽日；那怒吼的风声，如千钧霹雳，震耳欲聋。那座用红砖砌成的小红楼，像风筝一样随时都有可能被风刮走。人在这山顶上根本站不住，不时地被大风掀倒，只好挣扎着再爬起来。这是名副其实的风雪世界，我一步一个跟头地滚到楼前（望火楼），用力地推开门，像逃活命般向里屋扑去。（《夫妻望火楼》）

关于文学作品中的风景描写，我在几年前写过文章，说现在的作家虽然有时间到处去旅游采风，可在他们的笔下几乎很少看到对风景的大段描写，这一方面说明作家的笔力不足，另一方面说明作家的人心浮躁，静不下心来观察生活。我甚至说过，谁要是能看到有500字以上的风景描写文章，我愿意出资奖励的话语。今天，当我看到刘芳对塞罕坝人与物的生动描写，我真的有一种欣喜若狂的兴奋，这是一种期待多年的收获与享受啊！诚然，一个写作者能对人与物进行生动详尽的描写，只是创作的基本功，更重要的是还要把这风景融进自己的思想里。思想是风情，是一个作家区别于另一个作家的最重要的特征。如果每个作家都能做到把看到的风景写到自己的风情里，我想，这个作家一定会取得成功的。谨此，由衷地感谢刘芳老师，读了他的这部《弹奏塞罕坝的歌》，让我联想了这么多。姑且为序吧。

2017年11月20日 西坝河

（作者系中国散文学会常务副会长、中国文化报文学副刊主编，中国环境文学研究会副秘书长，散文作家、评论家）

此文发表在《中国文化报》

目　录

附录

夜宿“美林”

徜徉于绿色的林海之中，那绿的风，绿的波浪，绿的馨香，纯洁着人的灵魂，释放着心中的舒畅，使人好像又回到了神话中的“伊甸园”。

此时，我终于明白了：为什么我对坝上林海有那么深深的牵挂？为什么一到林区就像回到了家？原来，只有当我走进这一尘不染的林海时，才似回到自己可以信赖和依存的港湾；才可以远离疲惫和浮躁，让心灵得以宁静。

沉思中，忽然一个绿浪打来，顿觉眼前一亮，呀，一片错落有致的尖塔，渐渐地浮出水面。远远望去，似一艘造型别致的游船在游荡。这就是进入塞罕坝林海后，所见到的第一个“人间仙境”——美林山庄。负责陪同的人说，我们晚上就宿在这里。

这是多么美轮美奂的组合，又是多么令人叹为观止的艺术杰作。于葱绿欲滴的丛林之中，昂扬着一座座俄式的小木屋。为了不影响花草的蓬勃，为了不拥挤绿树的生长，他们见缝插针，在一片清凌凌的湖水和各种野花竞放的水草之上，打下一根根木桩，把一座座有着尖尖的红顶和原木砌成的小木屋，支起在空中，任草儿、花儿、树枝儿，任性地生长，甚至可以从木制的墙缝中，洞开的窗口处，让花草的枝叶伸进来，与人握手交谈。

木楼与木楼之间，有木制的栈道相连，曲径通幽，妙不可言。门前有一座长长的月牙湖，像是一面硕大的屏幕，倒映着白云、绿树、蓝天。每天清晨，最先跳进月牙湖的是那轮淋着满身露珠的旭日，接着便是岸边不时都在开放着的各种野花和嫩草，使月牙湖顿时变成一座花团锦簇的水上大花坛。在碧绿的湖面上还有几只灰色的小野鸭，也跑来凑热闹，无忧无虑地在水中玩耍，即使见到游人，也不害怕，仍大摇大摆地游来游去。它们似乎知道，在这里，人与自然界中的一切生物，谁也不会干扰和伤害谁。

若再约上几个亲朋好友，乘上小舟，或在湖中对弈，或在湖中唱歌，或在湖中起舞，或在湖中谛听鱼儿跃水的噗噗响声，那是一件多么让人欣喜和惬意的事啊……

傍晚，森林静极了，就连喧闹的松涛，也开始入睡。只有身下的绿草丛中和清澈的湖水里，还不时地传出几声蛙鸣。小木屋总是香喷喷的，像有人洒了很多香水。仔细寻觅，原来是木屋周围的金莲花、走马芹、野百合的花香，趁人们不在意时，争先恐后地从窗口处、门缝间挤了进来，像淡淡的花雾一样把小屋喷洒成一个芬芳的世界。一根根云杉的树枝，伸出毛茸茸的小手，也从刚打开的门窗处伸进来，晃来晃去，或握握你的手，或摸摸你的脸，人与自然，从来没有像现在这样亲近过。

月亮闲适地在林中散步，她一会儿爬上树梢，一会儿又在林中慢跑。她忽而露出笑脸，忽而又藏在大树的后边。只要你走过，她就跟着从一棵大树，跳到另一棵大树之间，若隐若现，活像一个顽皮的孩子，不停地与你捉迷藏。此时，我真想一下把她从林中拉过来，一起嬉戏，一起聊天……

我望着夜色中的大森林，眼前忽然映现出场部办公大楼前三块金光闪闪的铜牌：一块是国家林业局竖立的“再造秀美山川示范教育基地”；一块是中央国家机关工委竖立的“政治思想教育基地”；一块是河北省林业厅竖立的“艰苦奋斗教育基地”。它们彪炳着塞罕坝人艰苦创业的殊荣。真是前人栽树后人乘凉啊！四十年前，这里还是一片茫茫的沙丘和不毛之地，经过两代塞罕坝人的艰苦努力，终于在这片年平均气温只有零下一点九摄氏度的高寒区，营造出一百多万亩的大森林，这是何等令人惊叹的绿色壮举！

我望着那一排排高大的落叶松，仿佛在我面前耸立着无数个绿化英雄！我不由得低下头，默默地向这些大树鞠躬，以表达我对塞罕坝人的崇敬。因为有了这片森林，不但有效地阻挡着风沙对北京的侵害，有效地保护着京、津人民赖以生存的水源，还使昔日荒凉的坝上，有了如诗如画的今天。

美林，美林，你美得使我心颤，你美得使我如重任在肩。我们这些“乘凉人”，为了绿色，为了更美好的明天，该有多少事需要我们去拼搏、去奋斗、去实现啊……

原载 2006 年 2 月 25 日《人民日报》

林趣

——塞罕坝机械林场散记

暑天时，我到塞罕坝机械林场小住了几日，每天在林中行走，就像在一座神奇无比的翡翠宫里漫游，是那么新奇、恬适和惬意。最让人感兴趣的是那绿色的雨。它匆匆地来，悄悄地去，缥缈不定，时断时续。有时，刚见一丝儿浮云从林中腾起，一转眼儿，就变成一场霏霏的阵雨。那细长而又密集的雨丝，像网一样捞起林中所有的绿，满溢得连圆圆的叶片，细长的枝条，都不住地朝下滴着绿液呢。若要蹲下身，轻轻地扒开草丛一看，一条涓涓的溪流，潺潺地，犹如一泓浓酽酽的绿茶，在缓缓地流淌，馋得人真想趴在地上，咕嘟咕嘟地喝个够……

同伴老李说，林中水分多，蒸发时变成了雾，遇到高空的冷气流，就变成了雨。因此，林区经常下雨，树木也因此而旺盛。

他是林场的副场长，1962 年从东北林学院一毕业就到了坝上，对发展林业的历史和现状特别熟悉。他就要到省厅去做领导工作了，临行前很忙，是我一再提出要求，才决定同我一游的。

下过一阵小雨，整个林区像是洗了一个清水澡似的更加清新明媚了。

那些放荡不羁的灯笼花、大碗花和五味子，像淘气精似的，互相追逐嬉戏，顺着老树的脊背，一个劲儿地朝上爬，一直到老树的梢头，才披散开来，像灯笼一样在林中高挂；站在地上的柳兰花、虞美人、野芍药，虽不能爬树攀高，但也毫不气馁示弱，它们争奇斗艳，各显神姿，用最美的颜色，在林地上织成一幅幅花的地毯、花的锦缎，让人见了，真有置身于迷宫之感。

这里的鸟雀也特别多，少说也得有十几种。因为有了大森林，就连天鹅、地鹔和白鹭这样名贵的鸟禽，也来林区和附近的草地落户了。那些画眉、百灵和黄莺，一点也不怕人，好像它们总在围着你头上转，不住声地啁啾着，像是一个个小乐队，向你唱着一支又一支神秘的歌曲。那声音是那么婉转清脆，细润如溪，我敢说，这是天地间最好的音乐会了，就是再痴的人，也听不够的。

“有野兽吗？”我忽然问道。

“有！什么獐、狍、野鹿、野猪、狐、猕、豹、羊、兔，样样都有。”他说，“有一次，我从树上下来，不小心，一下子跳到野猪窝里了。吓得四头小花猪，哼哼地直叫，一头长毛老母猪，立即闻声赶来，它瞪着红红的眼珠，张着獠牙的大口，真是凶相毕露，吓得我赶忙爬到树梢，直到野猪搬了家，才敢下来。”

我听得实在出神儿，不觉脚下被绊了一下，猫腰一看，竟是一顶大草帽，这是谁丢落在地上的呢？我赶紧去拾，好家伙！原来是一朵大蘑菇。老李掏出卷尺一量，不大不小，正好是一尺二寸，还是个大号“帽”呢。

老李说：“这蘑菇叫天花板，炖肉最好吃。”说着，他拐着弯儿地踩起八字来。我问他这是干啥？他说这蘑菇是“S”字形的圈，这样找还有蘑。可不！他真的又从草棵下起出一块“天花板”来。老李告诉我：“这林间的蘑菇有十多种，黄、白、黑都能吃。采蘑菇时，要先看草的颜色，哪儿草长得绿，一圈一圈的，很粗壮，这就是蘑菇圈了。最大的圈，有半里多地长，能捡三四百斤蘑。黑里子蘑是长方形的圈；鸡爪子蘑和小白蘑是圆形圈。”他越说越兴奋，干脆脱下外衣当口袋，像个小孩子一样，扒着小草，兴致勃勃地找起蘑菇来。

“稀罕！常言说，母亲最疼爱儿女，是因为她付出了更多的情意；林业工作者之所以最爱森林，是因为他为这林海献出了自己的青春和心血。我刚来时，这里是一片渺无人迹的大荒原，经过我们二十多年的艰苦奋斗，才在这个无霜期只有几十天的严寒坝上，造出一百五十多万亩的大森林来。你看，他站起身，指着莽莽的林海说：“如今这里是万树园，又是大花园，还兼动物园，要啥有啥，能不爱吗？就是天天看，也看不够，看不厌，一天不来，就想得慌。”这就是一个林业工作者的内心独白，难道不正是他们用自己强壮的身躯当笔，蘸着青春的热血，把这里描绘成一片新绿的吗？……过了好一会儿，我又问道：“这么大的森林，是怎样造起来的呢？”

“没有任何诀窍，全是靠双手，一棵一棵栽起来的。那时一到造林季节，我们就背着行李锅灶上山，晚上住在用木材搭起的马架棚里过夜。下雨时，外边大下，屋里小下，外边不下，屋里还下。被子被雨水浸透，压得大伙翻不过身，就每人攥住一个角，使劲地拧，减少一些水分再盖。而且一住就是几个月，完全与世隔绝，等我们回到营林区时，大伙都说我们是野人，孩子们一口一个‘老大爷’，因为胡子、头发太长了。这林中的每棵树，都是用我们的心血浇灌而成，这无边的绿色，就是我们全体林业工作者的宝贵生命啊……”

他沉默了，一群欢快的小鸟，匆匆地飞来，像故意逗人喜欢似的，一个劲儿地“细粉儿——细粉儿”“好吃——好吃”地叫着，使我们从深沉的思考中又回到了现实。老李忽然高兴地说：“不过，这森林很有感情，它对我们最慷慨，什么好东西都肯献出来。春天采蕨菜、挖草药；夏天采黄花、红花和金莲花；秋天采蘑菇和松树籽；冬天打猎、伐木材，一年二十四个秋，秋秋都有收入。”

我们边走边谈，已进入了针叶林带。那秀美窈窕的落叶松，披着蓬松的长发，像少女一样站在路旁；高大挺拔的樟子松和云杉树，亭亭玉立，像座座宝塔，耸立山巅，若不是染着浓浓的绿色，我还真以为是进了层层云楼呢。

这时，老李忽然朝山上一指说："那座青山，就是康熙皇帝操练人马的练兵台，登上这座山，就可以看到林场的全貌了。"

听说这里还有古迹，精神立刻振奋起来。"清朝皇帝为啥来这里练兵呢？"我奇怪地问。

老李笑着介绍说："那个震惊中外的'乌兰布通之战'就发生在这里。当时蒙古族准噶尔部首领噶尔丹，勾结沙俄，在这里摆下了'以万驮缚足卧地'，'环列如栅'的'驮城'，经康熙三次亲征，才在这里打败噶尔丹的。"

正说着，顿觉凉风习习，天地开朗，抬头一望，高高的练兵台，已经踩在脚下。举目环眺，只见昔日的古战场，如今已经呈现一幅奇异的景象：遥看远天一色，碧绿如烟，层层叠叠的树浪，如滚滚波涛，卷地而来，发出一种如雪浪拍岸的哗哗响声，震得大地都在微微地颤抖，那浩渺无涯的博大形象，那惊天动地的涛声，令人回肠荡气，惊叹不已！

我见过急流澎湃的汪洋大海，也观过迷离缥缈、叠浪涌潮的茫茫云海，但却没有见过哪里像林海这样碧波万顷，浩瀚无际，壮阔雄浑！我过去看到的海，总认为那是大自然的威力，人在它的面前，只不过是沧海中的一滴水，人是渺小的；但当我看到这样广袤无垠的林海时，我却感到无比的震撼，因为，我亲眼看到了人定胜天的伟大力量，这无边的林海，不就是塞罕坝干部、工人们的伟大创造吗？

我激动地回过头，见老李还在凝眸观望着，是他对自己付出巨大代价而建起的林区恋恋不舍？还是为更美好的未来在谋划新的蓝图？我一时还猜不透。不过，我坚信，在这样的"造海"人面前，是会出现更多的新绿的。

原载 1983 年 8 月 24 日《河北日报》

走进白桦林

在我居住的城市北部，有很多大森林，它们像闪闪发光的绿色宝石那样，日夜都在把我吸引，差不多每年我都要到林区去几趟。

在森林里，我最喜爱的是白桦树。因为小时候，我家的后山就有一片蓊蓊郁郁的白桦林。这种树亭亭玉立，清丽秀美。它那白嫩的“皮肤”，总像是涂了一层薄薄的霜脂，显得非常妖娆妩媚。远远地看去，活像是一群白衣少女，正在起舞弄姿。那树皮洁白嫩滑，若用手剥开，像纱一样裹了一层又一层，直至玉体。

那时家境贫寒，几乎是靠着桦树度日。每逢到了春天，姐姐总是领着我采桦叶做菜团。我们从早采到晚，翠绿的叶子总也采不完。有时饿得上不去树，就把那白白的树皮剥开，立时会流出像蜜一样清凉的汁液来。姐弟俩把嘴贴上去，使劲地吸，不停地舔，甜甜的树浆，就像母亲的乳汁那样解饿又解馋。这样猛吸了一阵以后，就会感到神清气爽，平添了许多力气，于是又去捋树叶。冬天把树皮剥下来，像一张张白夹板纸，结实而又挺脱。大人们把它围成圆桶装东西，成块对起来当炕席铺。不过，更多的时候是把那薄薄的桦皮卷成细长的卷儿，当蜡烛烧。长长的桦烛，噼啪作响，幽香扑鼻，照得满屋生辉，真像白居易在《行简初授拾遗，同早朝入阁》一诗中所说，“宿雨沙堤润，秋风桦烛香”。小小的白桦，把它的身，把它的叶，把它的“血”，把它的皮，全部奉献给人类，使我们这些穷苦人，得到了它许多温暖和好处，甚至得以生存。这就是白桦树给我留下的记忆，它像秋风里飘落着的一片枫叶，被我深深地夹在生命的纪念册里了……

我无时不在想念着家乡的白桦林。后来，我在一本林业的专著里，知道桦木绝不是等闲之辈，它有着极高的实用价值，被人称作“啤酒树”。它的汁液是人类的天然饮料，含有糖、酸、微量元素和芳香物质，比酿造的啤酒还有风味和营养，是一种不可多得的“森林饮料”。它的汁液对治疗外伤、贫血、浮肿、肺结核、湿疹、关节炎、膀胱炎、肾结石、痔疮、眼疾，均有特别的功效，因而被广泛应用于医药工业。它还具有光润皮肤的作用，所以还用来配制化妆品及天然浴液……这桦树，简直成了无价之宝。我到处在寻找，万没有想到，这次去林区，我却轻而易举地见到了桦树林。而且这桦林，比家乡的还要多，还要美。

这桦林，不是一坡一谷，而是布满了视野所及的所有山地。走进这林中时，我以为是进了一座空旷、广袤的露天大舞台，在一首轻柔、舒缓、窸窸窣窣的奇妙乐曲声中，只见一株株苗条、绰约的白桦伸出雪白的手臂和脖颈，滑动着一双双细白的大腿，举着新颖别致的绿伞，正在翩翩起舞，宛如一群刚刚浴毕的仙女，正在尽情地表演着流传已久的《天鹅湖》舞，一下子，就把人深深地迷住了。

我坐在一片洁净无尘的枯叶上小憩，整个的身心，仿佛在进行着一种美的熏陶，善的洗礼。几只色彩纷呈的小黄鹂，站在桦树的枝头，欢唱跳跃，像是在开一个热烈的欢迎会，各献绝技，欢迎我们的光临。我甚至感到，那暑日的阳光，也失去往昔的暴烈，而是像林中的雨滴那样，滴滴答答，小心翼翼地从林间洒落下来，照着我的肌体，生怕晒黑我的皮肤。而那轻柔的风，不声不响，在树叶们的热烈掌声中，悄悄地向我走近，轻轻地抚摸我的头发和面颊，以至拂去我全部的暑热和一路的风尘。这亲人般的厚爱和温馨，使我忘记了自我的存在，我只想亲一亲这些山风，这些绿叶，这些白桦树和这些叫不上名字的鸟雀。

我望着这些大自然成员们的一张张和善的面孔，忽然想到人类的祖先——类人猿。它们当初在这洪荒的世界里生存时，一定也是曾充满过和谐、欢快和友情的。因为这些鸟、这些树和森林，它们对谁都一无所求，有的只是无穷的奉献。我似乎被唤起了另一种良知：我们再也不能随意践踏这些人类赖以生存的绿色了。我虽然无力改变这个世界，但起码要在我的陋室、在我的周围，尽快创造出一片新绿来，并要教育我的子孙，爱护森林，它们是人类生存的伙伴，我们从森林那里得益无穷。我这么想着，依依不舍地离开了那个令人净化的白桦林……

原载 1986 年 8 月 17 日《光明日报》

绿色明珠塞罕坝

7月的塞罕坝，是鲜花盛开的季节。

嫩黄欲滴的金莲花，洁白如雪的走马芹，湛蓝晶莹的鸽子花，粉里透红的野百合，姹紫嫣红，争奇斗艳，好一片花的海洋，美的世界。

塞罕坝的花美，林海更美。若登高远眺，莽莽苍苍，绿的波涛、绿的海浪，立时奔来眼底，真想变作一只快乐的小鸟，沿着绿色的树梢，任意飞翔，一直飞上蔚蓝色的天空！

看到这样雄浑壮阔的林海，我的眼睛湿润了。谁能想到，这片郁郁葱葱、一百五十多万亩的大森林，竟是坝上人在年平均气温只有零下一点九摄氏度的荒凉沙漠里，经过几代人艰苦卓绝的奋斗，一棵一棵地营造出来的。

1961年10月，时任林业部国营林场管理局副局长的刘琨同志到承德考察。塞上的10月，狂风怒吼，大雪飘飘，山路被阻，他们只好骑着马在荒凉的雪原上寻找生命的迹象。当他们在雪地里滚爬了三天以后，终于在一处叫北曼甸的地方看到一棵突兀在雪地上的落叶松时，立时欢呼起来。他们奔跑着、呼叫着，冲向大树，紧紧地把它拥抱在怀里。因为有了树，就有了希望——在坝上高寒地区也可以长出绿树来！

于是，林业部决定在河北省塞罕坝建一座现代化的国营机械林场。既可作为用材林基地，又可防风固沙，涵养和保护京津人民赖以生存的水源。1962 年 2 月，从全国 19 个省市区、24 所大中专院校抽调一百多名大中专毕业生和新招的工人共 364 人，组成一支绿色大军，奔赴坝上，开始了前所未有的绿色征程。

他们本着“先治坡、后治窝，先生产、后生活”的原则，职工没地方住，就住库房、牲畜棚。去作业点的干部和工人，就住在临时搭建的草窝棚、马架子屋，甚至就住在新挖的地窨子里。干部、党员住窝棚时，都要住在最靠外边为工人们挡挡风。早晨起来，被子上压了一层厚厚的积雪，眉毛和胡子都冻成了冰。吃的是窝窝头、莜面“苦力”就咸菜；喝的是山上的雪水。有时大雪封山时，粮食供应不上，就用盐水煮麦粒吃。现在的场党委书记韩国义，当年是林场技术员，有时在山上一住就是 30 多天不下山，他风趣地用一副对联形容当时的生活：“一日三餐有味无味无所谓，爬冰卧雪苦乎累乎不在乎”。

塞罕坝人，就是这样克服了难以想象的艰难困苦，整整用去两代人的青春和汗水，终于浇灌出这片绿色的林海。40 年间，不但收回了建场的全部投资，而且每年正以两位以上的数字在增长。这绿色的海，像一个巨大的聚宝盆，效益无穷。

塞罕坝人经历了 40 年的风风雨雨，终于把这片荒凉的土地，建成了一座绿色的摇篮。过去，这里连瓦房都少见，只有总场和招待所有几间平房。如今，这里高楼耸立，昔日的供销社门前，已建成一条有一公里长的繁华街道。宾馆、饭店、各种商铺林立其间。一片林海，带出了一个旅游产业，开出一条红红火火的旅游黄金线。现在，坝上林场已建各种高档宾馆、度假村 100 多家。光是 2001 年旅游综合收入这一项，就达 4500 多万元。每逢夜晚，华灯初上，在一片绿色的大海中，像有一条灯火辉煌的船，在海中游弋，是那么温馨，那么静谧，那么宜人……

请记住那些创造美的天使吧！他们是为中华人民共和国建造一个秀美山川的绿色功臣！

一位年已古稀的老人，拖着一条残疾的腿，一瘸一拐地在干休所的院里走动着。他叫张启恩，是1962年建林场时由林业部派来当技术副场长的高级工程师。当年，他动员也是大学生的妻子，携儿带女，从北京一头扎进风沙肆虐、满目荒凉的塞罕坝，一干就是20多年。在坝上作业时，他从拖拉机上掉下来，摔伤了左腿，由于条件艰苦，救治不及时，造成了终身残疾。

李兴源，是1962年建场时林业部派来的47名刚刚毕业的大学生中的一个。为了试验落叶松在什么样温度下不冻死，他每天夜间都守在小苗旁精心测量，经过反复实践，终于找到一套科学办法，使落叶松在坝上扎下了根。

前任场长李信和高级工程师吴景昌，都是当年来塞罕坝林场的大学生，他们都在当地娶了媳妇，生儿育女，像林场的绿树一样，深深地扎根在坝上，与这块土地共生存。如今他们俩都已经退休了，每天都要到林中走一走，他们的生命已染成绿色。

第一任党委书记王尚海、场长刘文仕是塞罕坝创业者的带头人，他们带领全场几百名职工，克服了难以想象的困难，终于与小树一起在坝上扎下了根。王尚海病危时，嘱咐家人在他去世后要把骨灰撒在坝上林海之中。

全国林业劳动模范、全国绿化奖章获得者陈锐军，听从党的安排，独自一人登上海拔近两千米的大光顶子山防火楼，后来又将妻子接上山，夫妻俩整天守在山顶，护卫着全场一百多万亩的大森林。一年四季，他们有三个季度与世隔绝，吃的是夏天从山下十几里的场部背上来的粮食，喝的是雨水或雪水。大雪封山后，唯一与山下联络的就是一部手摇电话机。几天不说话，寂寞难挨，就对着大森林吼叫，听听自己的回音。他们一干就是12年，从未发生任何事故。

像陈锐军这样的防火英雄还有很多。一位叫李庆瑞的小伙子，在潮湿的地窨子里一住就是三年，病魔无情地夺走了他的生命，去世时年仅24岁……

塞罕坝林场创业史的绿色丰碑上，镌刻着无数英雄的名字，诸如丁克仁、钱进元、郭玉德、李信、刘兴亚、张海、韩国义……他们都为营造塞罕坝的绿色海洋，做出了巨大贡献。

塞罕坝自建场以来，始终坚持科技兴林的方针，先后取得了十余类、五十多项成果，其中四十多项科研成果在林业生产中得到应用。他们曾获国家计委、科委、林业部、农牧渔业部联合颁发的“农业科技推广进步奖”，被授予“全国先进国营林场”称号，还被评为“全国科技兴林示范场”。

塞罕坝人不断地解放思想、更新观念、紧跟国际现代化林业的步伐。他们先后实施了“素质工程”“塞罕城建设工程”“林区光明工程”“高科技工厂化育苗基地建设工程”“京津风沙源治理工程”等一系列高新工程建设，使林场又迈上了现代化的新台阶。2002年5月下旬，他们又发扬艰苦拼搏的精神，苦战38天，战胜了由“西伯利亚”松毛虫突然侵袭造成的特大灾害，渡过了又一次险关、难关，用实际行动实践了“三个代表”精神，为绿色塞罕坝立下了新功。

塞罕坝，像一颗璀璨的明珠，镶嵌在祖国的大地上。塞罕坝林海，就是再造秀美山川的典范。

绿色的塞罕坝，你美得令人神往，美得令人陶醉……

原载2002年7月30日《人民日报》

塞罕坝情思

人到了老年，那些如烟往事，就像绵绵的细雨，总在眼前飘浮。时断时续，如梦如醒，或明或暗，像放电影一样，切割成不同的画面，让你迷离而朦胧。不过，最让我魂牵梦萦的还是美丽的塞罕坝。

记得我是 1938 年才开始上坝的，那时一进入林区，我就像一只放飞的小鸟，沿着绿色的林涛和波浪自由地飞翔。抬头是齐刷刷的落叶松、樟子松和云杉树，犹如列队般整齐；低头是各种鲜艳的野花正在开放。想不到在承德时还是炎热的酷暑，而到了坝上，却刚能拽住春天的尾巴，实在太神奇了！谁能想到，从 1926 年开始至 1938 年的短短十几年的时间里，在“大漠风尘日色昏”的塞上高原，竟建起一座闻名遐迩的河北省塞罕坝机械林场。那绵亘 1000 多平方公里的莽莽森林，像一片绿色的海，早已淹没了昔日的黄沙，犹如一颗闪亮的宝石，镶嵌在北国的大地上。

在这片海拔 1000 米至 1900 多米的高寒地带，年平均气温仅有零下 1.9 摄氏度，最冷的时候约在零下 44 摄氏度，几乎整年都是白雪皑皑、风沙弥漫。全场 360 多名干部和工人，就是在这样恶劣的气候条件下，战风雪、斗严寒，奋战了 20 多个春秋，用去了一代人的青春和热血，才把这个荒原染成了绿色。这个奇迹，像一声春雷，震撼了我的心灵。我当即就写出了长篇通讯《绿色丰碑》在《人民日报》第二版头条发表，编辑部还在同版配发了长话短说的评论《愚公精神万岁！》。在我采访的人群中，他们提到最多的是当时建场的领导人、党委书记王尚海和场长刘文仕。可惜他们早已被调走另有重任了，因为没有见到他们，我始终遗憾着、愧疚着。不过，后来我仍在《人民日报》发表了一篇歌颂王尚海的散文《绿色魂》，把场长刘文仕的事迹写成通讯《绿的追求》也在《人民日报》上发表。

20世纪60年代初，正是低指标、瓜菜代的困难时期。干部和工人们吃的是莜麦窝头就咸菜或咸盐水，住的是草窝棚和地窨子。下雨天，屋外不下屋里下，雨水把被子湿透，工人们攥着被子对角使劲拧，然后再盖。冬天风大，常常把被子掀开，他们只好把被子四角都压块大石头，而且每个工棚，干部、班组长必须躺在进风的门口处，为群众挡风。头一年栽下的树苗，因为水土不服，全部烂根死掉，只好又组织人马搞试验，培育适合本地生长的新树苗。人们开始动摇了，一股下马风和撤离塞罕坝的情绪正在酝酿和发酵。就在这时，王尚海和刘文仕及技术场长张启恩等领导，统一思想，坚定信心，毫不动摇！他们分别把自己的家都搬到坝上。王尚海一家七口人就睡在一条土炕上，过年时，他把留下的干部和工人请到家里，大伙儿一块包饺子，煮了一锅又一锅。到了第二年春天，他们拿着新培育的种苗到马蹄坑进行大会战，结果成活率都在百分之九十四以上，他们的大会战成功了！现在若按一米的株距排列，塞罕坝的林木可以给地球系上十二条漂亮的“绿丝巾”，这是何等的丰功伟业，这是多么令世人称赞的绿色工程啊！

人们常说“前人栽树后人乘凉”，我就是一个乘凉者。因为塞罕坝人不怕艰苦，用几代人的心血，亲手栽植出来并能绕地球十二圈的“绿色丝巾”，牵着我一次次上坝，写出了很多作品。每逢我文思枯竭时，每逢我感到无奈和惆怅时，我就迫不及待地朝林区跑。那丛丛的绿树、那鲜丽的野花、那百鸟的啁啾，仿佛是我一生中见到的最美的诗、最好的画、最浓的酒。我躺在绿草丛中，像是依偎在母亲的胸膛，是那么惬意和恬畅。看白云悠悠，听林涛作响，我感到生命的充实、心灵的自由、人生的坦荡。美丽的塞罕坝啊，你是我创作的源泉，是我文思涌动的土壤。没有塞罕坝人当初的创业，哪能使我写出二十多篇散文呢，而且这些文章都很适合青少年阅读。其中有七篇作品被人民教育出版社选为高中和初中语文的“美文共享”，散文《夜宿“美林”》被选为全国高中毕业考试的试题，我写的很多其他作品被选入“全国高考复习资料”。

什么叫感恩？什么叫吃水不忘打井人？什么叫滴水之恩当涌泉相报？今天的塞罕坝越美，就越应该感激建场初期，那几位绿色的开拓者，没有他们的坚定和决心、没有他们组织绿色大军向荒山进军，就没有今天美丽的塞罕坝！他们像一座座丰碑矗立在人们的心中。当年的场党委书记嘱咐儿女，死后一定要把骨灰埋在坝上林海，这是多么值得歌颂的高尚品德和灵魂。

我不能再沉默了。快到清明节时，我想到了塞罕坝，想到了塞罕坝刚组建时的林场党委书记王尚海，想到他为这片林海立下的汗马功劳，他将骨灰都埋在了坝上。我想为他的坟添上一点土，鞠一躬，了却一番心愿。我特意跑去承德，邀请了原行署常务副专员，后任河北省审计厅厅长、已退休的陆生同志，驱车直奔坝上马蹄坑，来到王尚海的墓碑前为他扫墓。陆生同志对王尚海很有感情，他曾亲自到坝上聆听过王尚海艰苦创业的报告，早就对他在塞罕坝建立的功勋极为赞佩，这次能去坝上扫墓非常高兴。这座墓碑并不大，附近摆有几束已经凋萎的野花，但从那淡淡的颜色中仍呈现出昔日的花容。一个空酒瓶立在他的碑下，说明不久前又有人在这里祭奠和缅怀。他的一幅画框已经倾斜，我和陆生将其扶正，画像经风吹日晒已经斑驳，但那憨厚而又刚毅的外表仍彰显着他不屈不挠的刚毅性格。

簌簌作响的松林遮天蔽日，挺拔的落叶松高达二十多米，横成排、竖成行，像训练有素的军人列成方阵，欢迎人们的到来。微风起处，松树有序地摇摆，犹如无数面战旗迎风猎猎，好不壮观！层层叠叠的大树摇动时，发出一种沙哑而低沉的声响，像是在演奏一曲悲壮、怀念的乐曲，使人立刻进入一种庄严肃穆和无限的遐想中。我们风尘仆仆，特意前来为塞罕坝的创业者扫墓，心里觉得非常踏实和充实。现在来塞罕坝旅游的人趋之若鹜，人们在赞颂塞罕坝美丽的同时，何不去王尚海的墓碑前参观致敬呢？应该把这里开辟为一个景区，让后来乘凉者也能体验到当年创业的艰辛。

在回家的路上，我们又探望了现已身患重病、瘫痪在家的全国劳动模范陈锐军和他的妻子初景梅。真是时光如流水，当年采访他时，他还是个高大而英俊的小伙子，现在穿着一身破旧的棉衣，在门前的栅栏旁呻吟着、爬动着，我庆幸他还能认出我是在寒冬腊月爬上雪山写出《夫妻望火楼》的刘老师，感到特别欣慰。刚去望火楼时只有陈锐军自己，周围几百里除了森林还是森林，整天与世隔绝，连个说话的人都没有，寂寞的他只好对着无边的大森林，发出嗷嗷的呐喊，听到回声算是与人间对了话。后来他的妻子初景梅要求去找陈锐军，给他做个伴儿，成为夫妻望火楼。他们在高山上生下一个男孩，因为与世隔绝，直到八岁还不会说话。初景梅当年是个年轻姑娘，如今满头白发，像个小老太婆。在沧桑的岁月中，他们只知道奉献，可失去的已经太多太多……小陈仍不时地在木栅栏旁蜷曲着、嗷嗷叫着，虽然嗷嗷的叫声与他当年对林子的喊声一样，但我总觉着是一种病态的反应。我当即给林场负责行政的一位主任打了电话，他们很快又去看望。

美丽的塞罕坝啊，你是一座绿色的丰碑、绿色的旗帜、绿色的灵魂！当年林业部国营林场管理局副局长刘琨来塞罕坝考察时，发现坝上一棵松，断定这片不毛之地完全可以造林，并做出了规划。经过几代人的艰苦奋斗、不忘初心，才有了如习近平总书记所说的“绿水青山”正在中国大地上生长出惠及民生的“金山银山”。坝上因为有了一棵松，才有了今天的绿海和茫茫的森林，确实有一种塞罕坝精神在驱使、在灵动。我虽然老了，但我多么想再回到坝上，和塞罕坝人一起去讴歌那些绿色开拓者啊。我每次来到坝上，都受到一种精神的洗礼和净化。我浏览着浓浓的绿色，心灵像又被洗过。那绿、那水、那人，缓缓地走过，开始了“绿梦”的拍摄。犹如琴弦在拨动，宛如人与自然在高歌。为着绿色，曾追求过，努力过，就不必看重结果。此时如释重负，感到人世间仍那么清新、宁静和淡泊！

原载 2017 年 9 月 7 日《中国文化报》，获“第八届冰心散文奖”

林中腊月

寒冬腊月，人们都在忙着准备过春节，我却还在坝上林海中徜徉。虽然穿着厚厚的皮大衣和大头鞋，但一到室外，那刀子般锋利的西风，很快穿透衣裤，刺割着肌肤，全身立时战栗起来。我只好学着老坝上人的样儿，在林中迅跑。

这里是高寒区，经常在零下45摄氏度左右。即使是晴天丽日，天空中也纷纷扬扬地飘着瑞雪。因为挂在树梢上的积雪，经风一吹，便都飞舞起来。冬日的林海，是一个无与伦比的冰清玉洁的世界。那积在地上一米多深的白雪，晶莹得连一根草叶、一粒微尘都没有。

我磕磕绊绊地向前走着。林中静极、美极，甚至连风儿的声音都听不到。无论灵魂和肉体，都正在经受着这至纯至美的净化。但是，当我爬上一座山冈时，从不远处，隐隐约约传来一种啄木鸟似的梆梆响声。

于无法想象的静谧中能听到一种声音，这无异于在大海中看到航标灯，是那么的令人心神向往。我不知被绊了多少跤，滚了多少个滚，当我气喘吁吁、再也无力爬行时，终于见到高山顶上正有一群忙碌的身影。他们把在林中间伐下来的原木，都扛上一个除去柴草的光山坡，搭成木头垛，然后喊着号子，一起将这些木垛推下。在那光滑的坡面上，早已结成一层厚厚的冰，像滑梯一样，一直把原木送到山底。

迎着木材滚下的响声，我第一次见到了伐木工。这是一群与众不同的地道“山民”。他们穿着臃肿的衣服，头戴狗皮帽，脚蹬带“钉齿”的爬山鞋，走起路来，像披着铠甲的武士，叮当作响。尤其让人不解的是，这些只有 20 几岁的青年，都留着胡须和蓬乱的长发。原来，他们一进山就是几十天，风雪阻隔，根本不能回家，更没有时间和条件去洗脸和理发。

这塞罕坝机械林场，是我国北方最大的人造林海。从 1962 年建场至今，全场数百名干部和工人，用去了一代人的青春和心血，才把这荒原染成绿色，有效地阻挡了由蒙古高原上吹来的风沙和寒流，大大地改善了京、津地区的生态环境和气候，它像一座功德无量的绿色丰碑，屹立在北国的大地上。

伐木队长小韩告诉我，三分造林七分管，营林抚育是最大的难题。这绵亘 1000 多平方公里的莽莽森林，得一棵一棵地去修剪间伐。他说夏天的林子更难钻，人一进去，那些一寸来长的大蚊子，像吸血的针头，立时爬满全身叮得人疼痛难忍、叫苦不迭。没法儿，越热越得穿厚衣裳，把脸和手脚都用纱布包上，不一会儿，汗水就会如注般地从裤脚里流淌出来。至于冬天，说到这儿，他捡起一根木棍，叫我朝他背上敲。我一时不知其意，就真的使劲敲了起来。

“咚咚咚”“咚咚咚”，呀！这分明是一面大鼓的响声。小韩笑了：“你看，我们每个人的身后，都背着一张大锅盖，敲起来咚咚响。”

我的眼睛湿润了。这些细皮嫩肉的毛孩子，为了祖国的大林海，正在经历着何等的艰难和困苦啊！他们每天冒着奇寒，蹚着一米多深的大雪，在密林里爬来滚去。身上的汗，很快结成冰，把衣服冻成像铁甲一样坚挺。

小韩说：“冬天日照短，每天只能吃两顿饭，还没上到山顶，肚子就饿得咕咕叫了。但先辈们创建这个场不容易，不久就可以进入轮伐期。那时每年全场产木材两万立方米，价值两千万,一年就能收回几十年建场的投资。而且是永续作业，年年收回两千万，真是价值连城，想到这些，再苦再累也心甘情愿了。”

他执意叫我到他们的伐木小屋去坐一会儿。翻过几道山梁，两间红砖砌成的小屋，在林海中飘逸着袅袅炊烟，像是一条小船，正停泊在冰雪的港湾里。

刚要进屋，我的两条腿却停住了。原来在这烟熏火燎的门框上，已经贴好了准备过年的对联儿，那七歪八扭的大字，虽不如书法家写得苍劲有力，但却力透着豪爽和侠义。上联写道：“一日两餐有味无味无所谓”；下联是：“爬冰卧雪苦乎累乎不在乎”。横批是：志在林海。

我的两眼又一次湿润了，望着那副对联，我仿佛看到了这群年轻伐木者的心灵……

原载 1992 年 2 月 7 日《人民日报》

坝上采蘑

在坝上林区小住，最感新鲜惬意的是采蘑菇。那莽莽的林海，那碧绿的草坡，每有一场清雨下过，哪怕是只打湿了地皮儿，也像注入了催化剂似的，满山遍野，立时会萌生出一层斑斓多彩、香馨扑鼻的鲜蘑来。

来到坝上的一个早晨，林业科的老李头就邀我去采蘑。他说夜里下了一场小雨，正是采蘑的好时机。我被他催得手忙脚乱，抓起一个手提兜就要朝外跑，不料他却“扑哧”一声笑了：“没见过采蘑菇用提兜的，那能装多少？给——”说罢，他从地上拿起一个荆条编的笼筐递给我，“走，坐车去！”

他把我拉到招待所的大门外，一辆木轮牛车正停在那里。一头花脊背、白尾巴的大犍牛，见了主人，像撒娇似的，“哞——哞”地直叫唤，然后迈着四方步，不紧不慢地拉着我们向西山走去。此时，东方的天幕上已经抹上了一片玫瑰红，绵绵的森林，经过一场细雨，像刚刚沐浴过的一样，水灵灵的，那么清新而又明媚。路旁的小草，捧着串串晶莹的露珠，像是走进了一个五光十色的珠宝世界。老李头坐在车辕上，晃动着双腿，呵呵咧咧地唱了起来，悠然自得，美气无比。我听了好一会儿，也猜不出他唱的究竟是哪支曲，就凑上去问："老李，你唱的是一首什么歌呀？"

他回过头望望我，毫无意识地朝牛背上拍了一巴掌，慢条斯理地回答说："我这曲你在书上找不到，它写在无边的森林里。那每一棵参天的大树，都是一个极好的音符……"他见我有些愕然，又"扑哧"一声笑了，告诉我说，他20多岁时从黄村林校调来，如今已经25年过去，每天进山，常常是独自一人，连说话的伴儿都没有，实在寂寞了，就瞎哼哼几句。有时见那挺拔茂盛的绿树，就产生一种由衷的喜悦之情，即便是不懂音乐，不会表达感情的人，也要情不自禁地呼喊几声。这样天长日久，就形成了一首首只有自己才能听懂的歌。说完，他又低声地唱了起来。我虽然听不懂他的歌词，但我想象得出那一定是对绿色的赞美。因为这大森林，不仅给人以美的享受，美的熏陶，也在净化着人们的思想和心灵。这时，一轮喷薄的红日，已从林中冉冉升起，把千般光彩，万般抚爱，一齐洒向高山谷地，于是，这碧绿的山野，又换上了一件更为色彩缤纷的衣裙，显得越发地光彩照人。老李头像发现什么稀奇的宝贝，"咣当"一声刹住了车，边跑边呼喊："快来呀！前面出现蘑菇圈了——"我如梦方醒，赶紧跳下车，挎上荆条筐，紧跟着他朝前跑，直到快要到山脚下时，老李头才停住，气喘吁吁地对我说："你看，这蘑菇圈有多大呀！"我顺他手指的方向看去，只见眼前的草坡上，几条绿色的缎带从山顶上飘落下来，一直延伸到谷底，有一里多地长。在阳光的折射下，闪闪发亮，呈现出一种奇异的光彩，散发着一股沁人肺腑的清香。

我们三脚两步地奔到坡下，低头一看，天呀，在那绿茸茸的草根下，灌木丛中，苔藓包裹着的石缝里，密匝匝、鲜灵灵，生长着的全是新蘑。一个个都有脸盆那么大，有黄色、有白色、也有浅红色，像万把花伞罩满地面，似无数朵鲜花开满人间，把一个杂草丛生的山脊，装饰得像挂毯一样艳丽。

老李头说，这种蘑叫"天花板"，喜欢黑沙土，大都生长在向阳的山坡上，由于蘑菇的根瘤菌多，所以周围的草和树长得又黑又壮，二三里外就能认出来。采蘑菇时，要用手捏住把朝上薅，这样不损坏蘑菇面……他絮絮叨叨地说个没完，我却把全部的精力，都集中到那一片花花绿绿、香气扑鼻的“天花板”上了。刚采了三四朵，就装了一小筐，没办法，我又把外衣脱下来包蘑菇，还是装不下，老李头叫我干脆朝地上堆，不一会儿，就在这山坡上，耸立起好几座蘑菇山。看着这喜人的景象，我也不由自主地哼起儿时唱过的小调来……

这蘑菇越捡越多，老李头也格外高兴。他叫我一边捡，一边看着蘑菇堆，自己到山下把牛车赶来，不到半天时间，这一个蘑菇圈，竟整整地捡了三牛车鲜蘑，晒了满满的一当院。

在城里吃的蘑菇，都是干巴巴的陈蘑，虽然味道也不错，但却不新鲜，很想把自己刚捡到的新蘑炒儿盘尝尝鲜，但老李头说啥也不让。他说这“天花板”有轻微的毒，需要经过晾晒后才能吃。不过，他见我有些不高兴的样子，还是想着法儿地满足了我的要求。他伸出手腕看看表：“好吧，还来得及，现在才 11 点，咱们捡白蘑去，保证不耽误中午吃。”不知是天意作美，还是林区的蘑菇特别多，走出不多远，老李头就呼叫起来了：“找到鸡爪子蘑菇圈了！”这回看到的蘑菇圈不在山坡上，而是在大森林与草地的接壤处，一圈一圈的特别圆，并且是大圈套小圈，圈圈相连，像是连环套一样布满了地面。这种蘑菇很小，干巴巴的，和鸡爪子一模一样，最大的也只有拳头那么大，白色伞状，有奇香，营养丰富，属于极为珍贵的白蘑中的一种。

我步着蘑菇圈，专找个大的捡，很快就捡了多半筐，兴致勃勃地拿到老李头跟前一看，他却全给我倒出来扔了，并说：“你捡的这些蘑不能吃，全老了。”他随手拿起一个叫我看，在蘑菇的褶皱里，正蠕动着无数只小蛆。他又把自己捡来的蘑叫我看，“这都是刚出土的，只有一个圆帽帽，这叫蘑菇丁，鲜嫩得很，越吃越香”。

这位老李头，知识很丰富。尤其是采蘑菇，可以说样样精通，十分娴熟。什么蘑菇长在哪儿他全知道。鸡爪蘑喜欢黑沙土，有圆形圈，也有半圆形圈；旱云盘喜阴坡，伞面朝上，像云朵；水银盘喜涝洼地，肉质厚，像馒头……他如数家珍般地一气给我举出十几种蘑菇的习性、形状和生长的地方。即使像1972年那样的大旱，几乎全年没下雨，这位蘑菇王，也照样采了上百斤的鲜蘑菇。

快近中午时，我们捡了满满的两笼筐，掐去土根，放在泉水中洗净，直接送到伙房。不大一会儿，一盘肉丝炒鲜蘑，一盘蘑菇炒蛋黄端了上来，赶紧夹起来一尝，嘿呀！又滑、又嫩、又香，就着满杯的香醇老酒，我敢说，就是吃尽了山珍海味，怕也未必有这样的佳肴美呢。老李头像所有坝上人一样，诚恳热情，不住地劝酒让菜，真把我的心，喜透、香透、甜透、醉透了……

我醉眼蒙眬地望着窗外那葳蕤的树林，无边的草地，忽然想到，大自然赋予人类的太多了，几乎是无时无刻地不在做着奉献；可我们回敬她的实在是太少了，而更多的是向她索取，甚至是掠夺，从这一点说，人在大自然面前，是应该感到惭愧的，不是吗？

原载1986年8月21日《天津日报》

冰上捕鱼

我冒着零下 40 多摄氏度的奇寒，来到冀北塞罕坝上的小滦河上游。

坝上林场的老范头——我结识多年的老朋友见了我，既惊讶又感动，特意备下了一桌风味别具的晚餐，为我接风洗尘。他准备得很丰盛，有蕨菜，有木耳，有黄花，有蘑菇……凡是坝上的特产，可以说是应有尽有，真有点让人眼花缭乱、赞不绝口了。正在我们酒兴方酣、醉意微醺时，一条鲜灵灵的红烧鱼，就像变魔术般地突然被摆上桌来。举座皆惊，几乎同时都发出了“呀——”的一声嘘叹！因为，在冬天吃鲜鱼，漫说是在冰天雪地的塞罕坝上，就是在条件优越的天津、北京等大城市，怕也很难吧？

主人拿起竹筷，轻轻地在那富有弹性的鱼背上一拨，鲜嫩、雪白的鱼肉，便如粉团般地散落在瓷盘内，夹起一尝，一股极为鲜美的鱼香，立时沁满肺腑，不要说吃，光看上一眼，怕也要馋得人垂涎三尺呢。老范说这是一种珍贵的细鳞鱼，只生长在坝上的小滦河里，在国内外都颇有点名气。

席毕，老范头当场夸下海口，要亲自领我到冰上捕鱼，非叫我顿顿都能吃上这世人罕见的佳肴不可。我听了，自然高兴得手舞足蹈，美不可言。

冰上捕鱼，一般都在夜晚，当新月出山之后，我们穿上毛毡靰鞡，戴上狗皮帽，披上羊毛大衣，扛着长竿网兜、筐篓、钢钎和炮药，顶着依稀的月光上路了。

我们沿着吐鲁根河朝北走。冬日的原野，像是一座神奇的水晶宫，到处都是银镂玉雕的艺术“珍品”，满眼净是镜子一样闪光的奇特“建筑”。走出三四里，忽见远处的地平线上，又冒出一个明亮的圆月来，近前一看，竟是一个有一亩大小的湖面在熠熠闪光。老范停住脚告诉我说，这就是小滦河的上游，到处都是这样的小水淖，冰底下就是细鳞鱼了。

他掏出钢钎和铁锤，叫我用手扶住，抡开大锤，叮叮当当地凿了起来。坚冰如铁，一锤下去，只在冰面上留下一道小小的白印。但老范却一点也不灰心，继续抡着锤不停地砸着。当那一轮新月快近中天时，老范已将湖面凿开一个有半米大小的圆窟窿。他摘下热气腾腾的皮帽，很快擦了一把汗水，重又戴上，挥挥手，叫我把炮药拿来，安上导火索，把两管炸药放进冰孔里。然后把我推开，迅即点燃了导火线，像个英勇的战士那样，猛地一个滚身，爬上了湖岸。还未来得及说话，只听“轰隆”一声巨响，在宽阔的冰面上崩开一个井口大小的圆洞，湖水“突”的一声，从裂口处蹿了出来，高大的水柱夹着冰块，直射夜空，如猝然开出了万朵银花，甚为壮观。

说时迟，那时快，老范嗖地一下抄起长竿，拉着我像欢呼胜利那样猛地朝湖面上跑去。到了冰窟跟前一看，无数条小鱼，以为是大地已经解冻，随着清清的水流，都一齐向那窟窿口处挤了过来。可怜的小生灵们，万没有想到这是个死亡陷阱，一旦蹿出水面，落到冰上，连打滚翻身的机会都没有，瞬时便被牢牢地粘在冰面上，活活地被冻死了。不一会儿工夫，在冰窟附近，横七竖八地堆了一层鲜嫩鲜嫩的细鳞鱼。

我刚想猫腰去捡，老范一手把我拉住，随即打开手电，叫我顺着那个窟窿朝里照。呀，在圆圆的湖水深处，一群群鱼儿，误认为是见了阳光，都争先恐后地游到洞口来，追着光束欢腾嬉戏，上下腾跃，欣喜异常。老范哈哈地大笑着，咒骂声不绝于耳，操起长竿网兜就捞……我敢说，这是真正的冰上猎奇。那些痴心的鱼儿，明知同类们不断地在减少，可还是一个劲地朝着电光处奔来，乖乖地当了老范手下的“俘虏”。这一气，就捞了有二十多斤鲜鱼。看捞得差不多了，我们才哼着各自开心的小曲，跟着月光向场部走去。虽然我们的眉毛、胡须都已冻成冰坨，可心里却像融着一坛甜甜的蜜……

原载 1986 年 12 月 31 日《人民日报》

夫妻望火楼

雪峰探险

在前年冬天时，我冒着风雪严寒曾到塞罕坝上去了一趟。因一个偶然的机缘，使我得以访问了夫妻望火楼。那天我们的小汽车在零下 43 摄氏度的奇寒中艰难地向前爬行，镜面一样闪光的公路两侧，是大雪堆起的高高“雪墙”，弯弯曲曲，似巷道一样通向雪原深处。偶尔，一两台铲道机，轰鸣着，憋足了力气，不时地把路上的积雪铲掉一层又一层，稍有停歇，就有可能中断交通。

我问身旁的丁场长：“这坝上最大的雪有多深？”

他扬起头想了想，幽默地回答：“你见过老百姓家的院墙吗？有时雪下得比院墙还高，小学生上学，得掏雪洞钻出去哩！”

“嚄！那就更不能走车了吧？”

“能！为了去离这儿只有 20 公里的御道口牧场，我们开着拖拉机、铲土机，还带着两车的人开路，结果走了三天还没有走到。”

老丁正说得津津有味，眼前忽然出现一座突兀的高山，那白雪覆盖着的险峰陡坡，亮闪闪的，像一把锋利的宝剑，直插云天，极为壮观。我忙打开随身带来的高倍望远镜一看，渐渐地，有一个豆粒般大小的红点，映入眼帘。

“那是什么呀？”我漫不经心地问。

“是森林的眼睛。”老丁很快地回答。

“什么？森林的眼睛？森林，还有眼睛吗？”

他咯咯地笑了，不无戏谑地说：“这么大的森林，若没有眼睛，起了火怎么办呀！我就是有十个脑袋也抵不上啊。”

经他这一说，我的心也提了上来，是啊，要是这无边的森林着了火，那可是没有救啊。

“那座山叫大光顶子，海拔 1900 多米，是坝上的制高点。我们在那里建了一座望火楼，有一对小夫妻住在那里常年观察火情，所以都叫它夫妻望火楼。那红点儿，就是一面防火旗。”

呀！我曾千百次地听到过嫦娥奔月的传说，可没见到过地上的人能在那么高的雪峰上生活，而且是对小夫妻，这太有点神奇色彩，太令人向往了！

我当即就央求他把车拐个弯儿，想到那里去看看。不料他说什么也不让我去：“那里的雪起码有一人多深，已经有好几个月没有人上去了，那里早已与世隔绝。”

蓦地一下，我的心顿时震颤起来。我无法想象，被视为放荡不羁的小青年，竟然能够抛弃舒适安逸的环境，远离父母，离群索居，到那么荒寒寂寞的世界里去生活！他们吃什么？喝什么？有迪斯科吗？有相互打闹逗趣的伙伴吗？是什么力量把他们鼓动到那样一个像月球般陌生而又可怕的境地里去的呢？一种寻幽探险的激情，一种近乎顶礼膜拜的崇敬心理，激励着我非去一趟不可。老丁见我态度坚决，第二天找了一名技术娴熟、身体强健的小伙子为我开车，又叫几个青年工人拿着锨镐跟着，为我们开路。

说来也巧，正赶上那天刮了一夜倒山风，雪大都被刮到洼地和沟塘里去了，路上的雪阻并不多。几位跟车的小伙子，奋力拼搏，一遇雪情马上挥着锹镐上阵，只经过两个多小时，就到达大光顶子山下练兵台了。再往前走已经没有车路，只能爬行。看到那几位汗流浃背，累得呼呼直喘的青年，不忍心再让他们跟着走。就让他们先回作业点等候，我一人去爬山。

这是一道直上直下的大雪坡，我根本站不住脚，每前进一步，全靠攀着树干或拉着树枝朝前挪，一步一跌，浑身是雪。有几次好不容易才爬上一个斜坡，不料一个跟头又滚回原地。但我没有灰心，没有气馁。我知道在自己的头顶上，还有一对同胞兄妹在守卫着百万亩大森林。他们能为祖国做出如此巨大的自我牺牲，难道我爬一段雪路还不行吗？看到那面高高飘扬的小红旗，心里顿时增添了勇气。像有一条无形的绳索，正牵着我朝前进。真是功夫不负有心人，经过几个小时的攀登，终于征服了三四公里长的大雪坡，登上了这座大光顶子山顶。我擦完汗水回头一望，在我所走过的路上，歪歪扭扭，早已被蹚出一条雪的“胡同”，像战壕一样漫长而又深邃。

高山人家

我从未见过如此恶劣而又可怕的环境，那滚滚而来的狂风，像海浪在咆哮，似万马在奔腾。它们像醉汉一样舞弄着雪花，遮天蔽日；那怒吼的风声，如千钧霹雳，震耳欲聋。那座用红砖砌成的小红楼，像风筝一样随时都有可能被风刮走。人在这山顶上根本站不住，不时地被大风掀倒，只好挣扎着再爬起来。这是名副其实的风雪世界，我一步一个跟头地滚到楼前，用力地推开门，像逃活命似的向里屋扑去。

这一间小屋既低矮又潮湿。四面墙壁上，密密麻麻地结满了尺把长的小冰凌。要不是看到并排伏在炕沿上正教幼女认字的小两口，我真以为是进了一所破旧的古刹，或是荒无人烟的深山古洞。

主人几乎被我这个不速之客惊呆了。他们既不说话，也不叫我进门，时间、感情、意识好像顿时都停止在同一条休止线上……

过了很久，很久，那男人的一对呆滞的眼睛还在死死地盯着我。他上下不住地翕动着嘴唇，就是说不出话来。他簌簌地抖动着双手，摸了半天，才从窗台上的一个木匣子里掏出一盒香烟，又出来进去地走了两三趟，才又拿来一盒火柴。幸好那个只有五六岁光景的小女孩，很快反应过来，非常机灵地溜下炕，抱住我的腿说："叔叔，快屋里坐呀！"直到这时，那男的才如梦初醒，惊讶地问："同——同志，你是迷了路吧？从秋天到现在，还没有人上过山顶呢！"

我告诉他，我是专程来看望他们的。小两口很快对视了一下，两眼立时都湿润了。妻子端起一个脸盆，忙到外边撮了一盆雪，放在锅里烧开，然后放了半把茶叶，给我沏了一杯水，那酽酽的浓茶，像粥一样浑浊。我刚抿了一口，一股强烈的松脂味，呛得我差点吐出来。

那女人笑了。

"你们就是用这样的雪水做饭吃吗？"

"不吃这样的雪又能吃啥呢？从九月开始，一直要吃到第二年五月，然后才有点雨水喝。"

"粮食和蔬菜怎么办？"

"春天一化冻，就得从山下朝上背粮食。因为山陡路滑，每次只能背七八公斤，还得我们两个人替换着打接力，一天只能背一趟，一直要背到够一年吃的时候为止。至于蔬菜，大都是夏天采的山蕨菜和野蒜苗，晒干后贮存起来，更多的时候是吃咸菜。"

这一家人，男的叫陈锐军，女的叫初景梅，六岁的女儿叫艳艳。夫妻俩都是知识青年，小陈是个干部子弟，家住平泉县城，生活很富裕。他从小就喜爱森林，高中毕业后就被招聘到林场，直到如今。

"你们是怎样来到望火楼的呢？"

小陈向妻子挤了下眼，白净秀气的初景梅，脸蛋腾一下子红了，她深情地望了丈夫一眼，腼腆地说："怎么说呢，还不是为了他呀——"

原来小陈和小初来到林场不久，就彼此相爱了，后来便结了婚。小陈的性格快言快语，有时也不免粗心大意，好发脾气。小初呢，恰好相反，她性格内向，文静贤惠，处事沉稳。那年小陈到望火楼去替班，一去就是半年没下山。急得小初吃不下饭。她知道这森林是国家的无价之宝，比什么都重要。万一这个愣小子麻痹大意出了错，那可是千古之罪啊。想到这，她非要去山上看看不可。这是小初第一次登望火楼，正赶上夏天，凉风习习，鲜花遍地，美不胜收。她想到陈锐军懒散惯了，的确需要有一个人"监督"着他，况且保护这样一片由他们亲手培育起来的大森林，更是无比亲切和光荣。她决定留下来，经一再向领导要求，她的愿望实现了。

刚来的时候确实有点受不了。有时寂寞得几乎要发疯。没办法，他们就对着大森林呼喊，听一听自己的回声，算是说了话。时间一长，不但生活习惯了，还产生一种特殊的感情。每逢听那呜呜的林涛声，就好像在听一场美妙悦耳的大合唱，高兴极了。直到今年夏天，才把小女儿接来，给他们又增添了许多欢乐。

"这孤独的环境，促使我们俩必须相依为命，这样一来，小陈的性格也变了，他不但不发脾气，还处处都让着我。"

陈锐军忽地低下头，嗔怪着妻子说："看你，对着客人说这些干什么？当时那么多姐妹劝你不要来，说女人在这么高的山上生活不适应，可你还是来了，我是看你这么诚心才对你好的。"

这时，小艳艳忽然拿起电话，对着话筒喊道："你是石姑姑吧？我给你唱支歌，好吗？"说罢，她踩着小凳，跷起脚，开始奶声奶气地唱起《十五的月亮》这首歌来，在海拔 1900 多米高的山顶上，能听到这样亲切悦耳的歌声，实在是令人感动。她刚唱完，可能是因为受到对方的鼓励，咯咯地笑个没完，过会儿又高兴地说："我再给你唱一支《妈妈的吻》。"就这样，她对着电话机，一气唱了三支歌曲，才爬上了炕。原来，小艳艳到了这高寒坝上也感到寂寞了，常常望着山下出神，叫嚷着要去找奶奶。

有一次小初背着她到分场，她抱着话务员的大腿说啥也不回来。于是，大伙就想出了一个主意，叫她寂寞时就给山下的女话务员打打电话，唱唱歌，以使她意识到又回到了人们的怀抱。

正说着，我忽然感到脊背上潮乎乎的，头顶上也有细小的水珠不时滴落下来。小初见我不安的样子，忙过来撩起我的棉袄笑着说："快坐炕上去吧，这墙一着热就化。"说罢，她拿来一把铁锹，"咔、咔"几下，在结满冰凌的墙壁上，铲下一层厚厚的冰霜。然后又站在小凳上，把顶板上的霜雪也铲下来，并说："这墙是单砖，夏天有雨时，水从墙缝里渗进来，屋里成河，到了冬天又结成冰，天天得铲，真跟冰窖一般。"

"你们的生活太清苦了，我和领导说一下，换换班吧？"

他们夫妇俩几乎是异口同声地回答："不用，让谁来都是吃苦。作为林业工人，只要能和森林在一起，就会感到有一种说不出的快乐。"

"你们住在这深山老林不害怕吗？"

"怕什么？这里的每一棵树都是我们亲手栽的。瞅着它，就像看着自己的孩子天天长大。"

不过，小初还是说了实话："要说一点也不怕那是瞎话。这里时常有狼拱门，有成群的野猪在房后转。有天夜里，听楼上好像有人跺地板，我们爬起来悄悄摸到楼上，打开手电筒一照，妈呀！原来是只黄鼠狼直立着后腿，用前爪托着一块兔肉正要朝楼下走。它见了我们吓得扔下肉就跑，竟把我撞了一个大跟头。"

"你们不会用枪打或下套子套吗？"

小初说："它们好歹也是个伴儿，何况，林里的野兽特别多，还是少惹的好。"说完，小夫妻俩都咯咯地笑了。

森林的眼睛

小陈领我登上楼顶，那凛冽的寒风，撕割着我的肌肤，像猫咬的一样疼。我用力站稳身，通过望远镜四下眺望，虽然到处都是冰封雪裹，但大山的周围仍是一片碧绿的春色，仿佛是一个不冻的海。

现在，全世界每年要发生几万次林火，而且百分之九十以上都是人为的。由于人们的疏忽大意，由于漠视和无知，致使星星之火，形成燎原之势，使世界上几十亿公顷的大森林变成灰烬，我们星球上的绿色越来越少。而这里，100 多万亩的大片森林，25 年来却从未发生重大火灾，早在 1985 年就被评为全国护林防火的先进单位，这与夫妻望火楼密切监视火情，及时准确地报警是分不开的。

“到了春秋防火季节，我们两个人都是昼夜轮流值班放哨，连吃饭都是换着吃。不怕一万，就怕万一，这森林可是我们的命根子啊。”小陈很有感触地说。

他们俩为了熟悉地形，把从望远镜里所能观察到的山头洼地都编成了号，牢牢地记在心中。这个望火楼是坝上的制高点，登楼纵目，辽宁、内蒙古和河北交界的广大地区，尽收眼底。他们通过细心观察，终于掌握了一套识别烟火的规律：比如烟，一般为蓝色，上下跳动；雾，从远处看是乳白色，浮在一处不动；风，呈黄色，前后移动很快。白天观察烟雾，夜间观察火光。最难辨认的是既有烟又有风；最容易报错的时间是夕阳西沉，落照飞红之际，那时大地山川一抹金辉，分不出哪是霞光，哪是火焰，这就要靠平时练就的过硬本领了。

1984 年 10 月的一天下午，忽见东北方向上空，丝丝缕缕，似有烟雾。小两口拿着望远镜，不断交换彼此的判断，一致确认这种烟雾不是云，也不是风，而是大火。根据他们平时编好的“记号”，确定那出现烟雾的地方刚好是百里以外的红松洼牧场。他们俩同时用对讲机向林场防火办和红松洼场部发出了警报。火情就是命令，林场值班的救火车和机动人员，立即组成救火大军，开赴火场，及时、准确地扑灭了这场还未来得及向更大范围扩展的山火。当林场的救火人员赶到现场时，附近的工人、农民还没有发觉哪里有火情呢。

像这样及时准确地预报火情的事岂止一次！他们每次报火情，都极为准确，受到当地政府的好评，树为护林防火模范，被人们誉为“森林的眼睛”。

他们告诉我，这座现代化的大林场，是在国家极端困难的条件下建设起来的，很多职工为此付出了巨大代价。这绵绵的森林，是全场职工血汗的结晶，把这么大的一个林场交给他俩看管，是无上的光荣。所以，他们谁也不想走，尽管条件非常艰苦，但是苦得其所。原来营林区想供给他们一些烧柴和饮用水，可被他们婉言谢绝了。没有柴火，就到林里捡些旧枝废木当柴烧。为了解决用水，他们在楼顶的水泥地板上，又修了一个凹形槽，用来接雨水用。按照规定，一旦绿叶成荫，大雪封门时，可以解除防火期，人也可以到山下去住。可他们为了保护这片绿色，谁也不肯离开，即使有急事需要到山下开会，他们也要留下一个人守在望火楼里。可想而知，一个离人家最近处也有二三十里地的高山绝顶，一旦留下孤零零一个青年女子，其艰险程度是可想而知的。一年四季，时刻都是防火期，一步都没离开过人。

去年春节，远在外地的父母和女儿，非要叫他们回去不可。没办法，小两口一商量，决定叫小初回去。没料到，小初走后，正在过年时，小陈突然得了重感冒。开始时，他认为自己体质好，挺几天就过去了。谁知一躺下就再也爬不起来了。四肢像被钉子钉住一样不能动，连打电话的气力都没有了，只好静静地躺着，炉火灭了，饮食断了，身上积了一层厚厚的冰霜。死神，正张牙舞爪地向他进攻，恨不能一下子就夺走他的生命。面对着死神的威胁，他想起了父母和妻子女儿，一行行热泪，还未来得及流出，就又冻成厚厚的冰凌。他本应该留在戎马一生的老父亲身边，为他养老送终，可他迷恋着绿色，热爱着大森林，宁可暂时割断父子亲情，也要来这里守护大森林。没想到这么年轻就要与世长辞，心里不免有些刀绞似的痛。

他这样哭着，想着，渐渐地昏过去了。也不知过了有多久，忽然觉得冻僵的躯体又暖和起来，并有一只大手正紧紧地焐在他的头上。这是谁呢？他吃力地睁开双眼，终于看清了，是一位头戴狗皮帽子的陌生人正守候在他的跟前。

“嘿呀！我的好兄弟，你可醒了。我真以为你活不过来了……”原来这位农民丢了马，哪儿也找不到，后来发现一行稀稀拉拉的蹄印，以为是他的马，就一直找上山来。他看到这里有一座小楼，可没有烟火。他想爬进来避避风，一开门，却发现了这位危在旦夕的护林人。他见病人正在昏睡，忙点着火，把屋子烧暖，又烧开雪水给病人喝。

那陌生人知道下山抓药来不及，就千方百计地使他尽快恢复体力。他给小陈做饭，生火取暖，像亲人似的一直服侍了三天三夜，才使小陈转危为安。

这就是望火楼上一对防火人员的平凡经历，报纸上看不到他们的事迹，广播里听不到他们的声音，甚至连场内的人也有很多人不知道他们的名字，然而他们却在这人迹罕至的地方，年复一年，自甘寂寞，尽心尽力地在从事着防火工作。这本身就意味着巨大的牺牲和贡献！有人说，寂寞和孤独是人生最大的痛苦，宇航员在太空里生活最可怕的是寂寞，可他们俩已经在那个令人难以置信的艰苦环境中，生活了整整三年——一千多个日日夜夜了，作为正值青春好动、活力旺盛时期的青年，这是多么难能可贵啊！像我们这样一个非常缺少绿色的大国，是多么需要像陈锐军、初景梅这样无私地将青春贡献给林业的好青年啊！

乐在其中

暑天六月，正是秋谷扬花，夏粮上场的季节，可在高寒坝上，却是一派春天的景象。这次听说我要上望火楼，都很热情，根本不用场长派车，防火办的赵主任就大包大揽了。他说场部有决定，防火办有任务，要车给车，要人给人。车快开时，老赵把一台刚修好的黑白电视机搬上车，说那里已有了风力发电机，可以看电视了。接着，他又拿来一台刚买进来的火情定位仪，这回再不用小陈他们自己做记号了。

驾着汽车在绿浪林海中奔驰，这回再也不用半路停车了，只要司机一加油门，就会毫不费力地爬上山顶。想不到，冬日风雪肆虐的地方，在温暖的夏日竟是如此绚丽无比。高高的山顶，完全被一块色彩缤纷的花地毯所覆盖，馨香扑鼻，令人陶醉。还没等我们停稳车，一条斑毛大狗，就“汪汪”地叫着冲了出来，随后便是男女主人那熟悉的声音：“花儿，别叫！那是客人。”说完，那花狗真的停止了叫声，摇着尾巴，伸出舌头，友好地在我身边转了起来。

还是小初眼尖，惊喜地叫了起来：“那不是老刘吗？”于是，两双手一起向我伸来，紧紧地握在一起。

“你们都好吧！”

“好！好！你看，不但有了狗，还养了鸡、鹅和家兔，小小的望火楼，真有点六畜兴旺的样儿了。”

听了他们风趣的话，我忙四下寻找。可不！花草丛中，两只滚圆的小猪，正露出油黑的脊背来。

“不简单，在这么高的山顶上，也养了猪，真是奇迹。到过年时能长到多少斤呢？”

“哪能养到过年呢。你不知道这里九月就封山了吗？雪天一到，这猪就得宰掉，要不也得活活冻死。”

“那才长多少斤呀？”我惋惜地问。

“最多能长二十五公斤，小点也比没有强啊。”

在楼门口的左边，有一个用松枝和板条搭成的兔窝，可怜的两只小家兔，都失去了耳朵，像个秃头鹰那样直摇头。

小初随手向兔窝里扔了一把树叶，喃喃地说：“这对小东西能和我们一起熬过冬天，已经很不容易了。虽然至今还不下崽，但我们仍像宝贝似的养着。”

这小屋，还是两年前的样子，不过比过去收拾得更加整洁和舒适了。显然，这里的主人更爱他们的家了。

炕头上的竹筐里放着40多只小鸡，那叽叽的叫声，吵翻了天。可他们一点也不嫌烦，说听着这声音怪亲切的，好像回到了家一样。他们准备把鸡就养到屋里，冬天和他们住在一起。因为去年两只鹅就是这样熬过漫长的冬日的，如今已经下了39个大鹅蛋了。

这次来没见小陈点烟，我正纳闷，不料小陈却抢先回答："我把烟戒了。自从东北发生森林大火以后，我俩一睡觉就做噩梦。现在就是大雨天，我们也要坚持到瞭望台上去观察。你瞧——"，他把一个小布兜拿来，朝桌上一倒，哗啦一下子，倒出45个打火机来。

"目前正是采黄花的季节，每天进山的人很多，他们以为防火期已过，就随便抽烟生火。这样，我们就得格外小心，换着班地在林中跑，发现有人抽烟，就把打火机要来，等他们出山时再拿走。"

"你们的警惕性比过去又高了。"我称赞地说。

"小陈他们很认真，不管有无火情，天天都向我汇报。"防火办的赵主任非常高兴地告诉我，有一次凌晨两点多钟，他发现东方的天幕上红光一片，以为是有火情。马上给夫妻望火楼去了电话，还没等他发问，小两口就抢先汇报说："那是火烧云，我们已经监视一两个钟头了，绝没问题。"

听着他们的介绍，我的心情也愉悦起来，如果全国的森林防火系统都像他们这样认真，再凶险的林火，也会及时扑灭的。

我们重又登上这座小楼，见四周满目簇拥的鲜花，肥嫩的绿草，人好像置身在花的海洋，翠绿的世界。再看那流云，有的像骏马，有的像骑士，有的像高楼，有的像灯塔……千姿百态，妙趣横生。

小陈说："尤其是早晨，那雪白的晨雾，悄悄地从门缝里挤了进来，这时像有一匹极为绵软的锦缎，把我们裹了起来，真跟醉仙一般。"

"连我们的女儿小艳也来信，说到了夏天时，她还想到这里看看。"

是的，这里是艰苦，同时也是美丽的。世上因为有苦，才有乐，没有艰辛的努力，哪有这一片绿色和鲜嫩的花草呢？一年多的时间，这里的环境大大改变了。不但有了电，还有了电视机，寂寞的时候可以看看电视，不必再对着大森林呼喊了。

他们想长久地在这里住下去，为的是保护好这片大森林。他们一再恳求我不要写文章宣传，作为一个青年，能为祖国做一点力所能及的工作是应该的。他们取出几张与省和林业部领导合影的照片，说："如今来看望火楼的人多了，他们能知道我们的甘苦，这也就足够了。"

我望着这对年轻人的憨厚而又诚挚的表情，听着他们那些发自内心的纯朴、谦虚而又感人的话语，一种无限欣慰和崇敬的心情油然而生。我仿佛看到了我们国家的希望和美好的未来。绿色，是生命的象征，绿地是生物的摇篮。当今世界早已把一个国家绿化面积和森林覆盖率的多少，作为评价一个国家环境好坏的主要标志，作为评定一个国家文明程度的准绳。我们国家的森林覆盖率虽然在全世界 160 个国家中只排在第 120 位，但只要我们团结一心，大办林业，让我们的青年人都像望火楼上小夫妻那样关心绿色、爱护绿色，献身绿色，我们就不愁大地不能绿化，万里江山不变成一片锦绣！因为，人类已经到了渴望和呼唤绿色的时候了。

选入《绿的呼唤》中国林业出版社 1987 年版

后又选入《呼唤蓝天 · 碧水 · 绿地》中国文联出版社 2000 年版

坝上一棵松

在坝上北曼甸的高坡上，绿茸茸的嫩草葳蕤闪亮，像是一幅翠绿的彩绸飘浮在山顶。茫茫的绿草丛中，突兀着一棵高高的落叶松，树身有20多米。那笔直的树干，蓬松而美丽的树冠，像是晴空中飘来一朵绿色的云，把人们的眼睛都洗绿了，这就是名闻遐迩的“坝上一棵松”。

这棵松树之所以受到如此的膜拜和青睐，因为她是塞罕坝林场的建场标识，是林场的象征。因为有了这棵树，才有了塞罕坝无边的林海和绿树。

时光闪回到1962年的冬天，那时中国正遭遇自然灾害，刚强的中国人为了还清外债，从领袖到人民，都勒紧了裤腰带，承受着“低指标、瓜菜代”的痛苦。但为了求生存图发展，国家还是决定要在华北北部建一座大型国营机械林场，既可解决对木材的急需，又可改变气候，保护京津的水源。当时国家指定由林业部负责选址和筹建。林业部党组决定由当时的国营林场管理局副局长刘琨带队，他们选来选去，决定在河北省的塞罕坝安营扎寨。那时从围场到塞罕坝只有一条走马车的小山路，每次上坝要先坐马车，不能走时再改骑马。他们每天吃的是莜面就咸菜，从早到晚，冒着凛冽的寒风和零下40多摄氏度的奇寒不停地奔走着，从坝上西部的三道河口一直到东部的北曼甸，不停地寻找着植物能生存的痕迹。

他们终于走上了练兵台，这是坝上最高的地方，山头上有一陡峭的石峰，根本没有路。传说这个地方曾是清朝康熙和乾隆组织人马练兵的地方，从这儿可以望出方圆几百公里远的大漠和黄沙。当刘琨同志爬上练兵台时，挥着热汗说："今天咱们也当一回'皇帝'，登上了当年皇帝练兵的地方。"在高山附近，他们发现有很多棵被大火烧过的黑黢黢的树根，说明这里曾有过参天大树，开始坚定了他们在此建林场的信心。

当他们走上北曼甸梁，不知是谁喊了一句：你们看！大伙的两眼瞬间都亮了，惊喜、振奋，一股从来未有过的愉悦油然而生，在荒凉的雪域高原，在渺无人烟的大漠深处，居然还有一棵高高的落叶松在迎风卓立。她是那么的悠然自得，傲气冲天。三四个人下马用手围抱，刚好接上手指，真是又粗又高。松树的周围，堆了很多碗口大小的石块，还缠着几条像哈达一样的彩色布条。刘琨动情地说："这不是石头堆起的山，这是路过这棵树的人，从山下带上来的，表示他们对树的崇敬和纪念。我们今天来到这里，不单是纪念，而是要在她的周围建起一片大森林、大林海。"他指着跟着前来考察的第一任林场的党委书记和场长王尚海和刘文仕说："要好好保护好这棵树，谁也不许动，这是咱们建场的标识，建场的依据，建场的决心和信心。要防止这棵树将来有可能被雷击和大风所折断。"跟随的人都频频点头，从此，坝上一棵松便由此更加闻名了。

说到这里时，原林业部的老部长刘琨两眼有些湿润了。他今年已是88岁的耄耋老人了。他说当年回到部里后，他们迅速制定规划，因为这里有树，有被烧的树根，即使环境再恶劣，也能在塞罕坝建林场。规划很快被国家计委批准，便马上组织人马立即奔赴塞罕坝，开始了机械化大造林。刘琨说为了考察坝上一棵松，骑马时竟被摔了下来，满脸是血，在坝上的小平房里住了15天才下了坝，伤好后在伤疤处长出一缕白发，成为永生的纪念。"文革"时，因为他积极筹划在坝上建林场，被打成走资派，刚一解放，他第一个要求是到坝上去，看已郁郁成林的无边绿色，又拜访了坝上一棵松。刘琨说，他这一生就办了这么一件大事，为国家谋划了一座大型的国营林场，现已初见规模，这是何等的大事啊。这是一位历经磨难后一位共和国副部长的肺腑之言。那次回到部里他连夜又以个人名义向部党组写了份报告，塞罕坝建林场是为国家办了一件大好事，应该继续投资搞好后期建设。

我望着这位满头白发，历经沧桑，如今更加淡然而慈祥的老人，我的心里念头一闪：这老人不就是坝上一棵松吗……

原载 2011 年 11 月 30 日《人民日报》

绿色魂

不久前，我怀着崇敬的心情，又一次登上了塞罕坝，走进掩埋着塞罕坝机械林场的第一任党委书记、塞罕坝林海的创始人王尚海的墓地。当年发起造林大会战的马蹄坑就是撒下王尚海骨灰的地方。石碑不大，附近摆有几束已经凋萎的鲜花，但从那淡淡的颜色中仍呈现出昔日的花容；一个空空的酒瓶立在他的碑下，说明不久前又有人在这里祭奠和缅怀；他的一幅画框，已经倾斜，我们将其扶正，画像经风吹日晒已经斑驳，但那憨厚而又刚毅的外表仍彰显着他不屈不挠的刚烈性格。

簌簌作响的松林遮天蔽日，挺拔的落叶松高达 20 多米，横成排竖成行，像训练有素的军人，列成方阵，欢迎人们的到来。微风起处，树身有序地摇摆，犹如无数面战旗迎风猎猎，好不壮观！层层叠叠的大树，摇动时发出一种沙哑而低沉的声响，像是在演奏着一曲悲壮的哀乐，使人立刻进入了一种庄严肃穆和无限遐想之中。

王尚海祖籍山西，家境贫寒，只念过三年私塾，曾参加过抗日民兵组织，1944 年入党。在他就任承德地委委员、承德地区农业局长的时候，一纸调令，于 1962 年调他到塞罕坝机械林场任党委书记。他一到坝上便和工人们一起架起一排排简易的窝棚，又找来几口大锅开始做饭。吃的是莜麦面和窝窝头就咸菜，有时用酱油兑点开水当汤喝。

尽管这样，1962 年栽下的 6000 多亩树苗，成活率只有 8%，人们开始灰心了，绝望了，他们几乎一致地认为在坝上年平均只有零下 1.9 摄氏度的气温，最冷时可达零下 44 摄氏度的高寒山区根本不能长树。从坝下其他地方引进的树苗，虽经百般呵护，但终因水土不服，在坝上扎不了根。怎么办？他当过兵，正在你死我活的冲锋现场，绝不能后退。场党委统一认识后，决定要采取一切措施，坚定大家继续战斗的决心。为了稳定大伙的情绪，他和场长刘文仕率先把全家从承德市搬来，他全家 7 口人就睡在一条土炕上。他老伴当过县妇联主任，就让她组织妇女养猪开荒种菜保障后勤供应，连他十来岁的孩子也跟着插秧机在后边补苗，全家人有人出人，有力出力，一心扑在坝上植树上。

稳定军心以后，他深知搞林业不同于在战场上打敌人，必须有科学创新精神。既然坝下的苗不能在坝上成活，为啥不能组织这些学有专长的知识分子们进行科技攻关呢？他和场长一起组织一部分人开展科研，经过反复实验，终于培育出能适应高寒气候生长的种苗，在塞罕坝上扎根、生长、成活了。

1964 年春，他们组织了“千军万马”齐上阵，在离总场只有 5 公里的马蹄坑进行大会战，谁也不准回场部，大家都吃住在山，这一战就是 30 多天，因为连着多天不洗脸不理发，一心都倾注在造林上，去时还是青年小伙，回来时都胡子拉碴，变成一个个“小老头”。他们栽种的 1000 多亩落叶松的成活率在 94% 以上。塞罕坝第一个人工造出的大片绿色，像一面迎风招展的大旗，鼓舞和激励着塞罕坝人，向绿的深处奔去了……

2010 年 7 月，国家林业局局长贾治邦率领本系统所有厅（局）长来到塞罕坝林场开会，不过，他们不是观花赏景的，而是来追寻、探讨和总结塞罕坝精神的。凡来这里的人都无法想象，在这片地处高寒而又荒凉的沙漠，林场经过几十年的艰苦奋斗，竟将这里打造成一座浩瀚的大林海，共造人工林112万亩，森林覆盖率由建场初期的11.4%提高到现在的79.4%。不但有效地阻止了风沙入侵京津，还保护了水源，增加京津更多的蓝天。是什么力量和精神促使他们在国家最困难时期，在“瓜菜代”的年代里把荒原变成绿洲的呢？贾治邦激动地说：“老一代人为塞罕坝林场立下了不朽功劳，我们一定要把塞罕坝这面旗帜举得一代更比一代高，让它更鲜艳、更明亮，发挥更大的辐射带动作用。”

从坝上回来，我不时在想，这个使我魂牵梦萦的塞罕坝啊，你那无与伦比的美景和无私奉献的塞罕坝精神，犹如绿色的魂一样正感染和净化着所有游人的心灵。让我们向滔滔的林海，向所有塞罕坝人，向我们心中久仰的王尚海等前辈创业者们，献上我们由衷的敬意和赞美吧！

原载2011年7月18日《人民日报》

生命之歌

幽幽的夜色，浸泡出我悠悠的思索。辗转于农家土炕之上，开始了没完没了的“拍摄”。朦朦胧胧的过去、现在、未来，被我剪裁成一个温馨而又令人向往的“蒙太奇”世界……

吱——吱——吱，一种纤细悦耳，犹如家乡柳树上那窝待哺的雏鸟的哀鸣；犹如我经常听过，却又一时想不起来，撩拨得我越发难以平静的响声，竟颐指气使般催我拉开灯，开始了无助的搜寻。从顶棚找到地面，又从地面窥到棚顶，寻寻觅觅，觅觅寻寻，竟毫无踪影。于是，我带着莫名的疑惑，关掉灯，重又钻进被窝中。

吱——吱——吱，那调皮的声音，像捉迷藏似的又在我的耳畔响起。这回总算有了经验，先就着黑，循着声音摸到墙角，猛地再打开灯一看，呀！一棵嫩绿得近似透明的羸弱小草，在一条依稀可见的石缝里竟奇迹般地露出两片昂扬的叶片来。

一股清新，一副爱怜，一种向往，一分钦敬，像雨点般滴落在我的心湖之中，很快润湿了我的眼睛……

我战栗着情感，跑到墙角下望着石缝不动。不知是盖房时的疏忽，还是老天有意给小草留下的一线生路？在漆黑的眩晕中，从错落的石缝里终于折射出一缕若明若暗的光线。原来，那颗鬼使神差般被刮进墙缝中的草籽，就是靠那么一点可怜兮兮的光线和随着风儿吹进来的点滴雨星，繁衍了生命。

小草没有辜负自己，更没有抛弃生命的权利，在艰难的困境中，它坦坦荡荡地生，高高兴兴地长。它以非凡的毅力和求生的欲望，在巨石的挤压下，尽管伤痕累累，甚至扭弯了身躯，但毕竟是靠自己挺立于世，并生出了令人艳羡的绿叶！物竞天择，这蓬勃的生命，不由得会使人想起自己，想起竞争的人生和这个色彩纷呈的大千世界……

“吱——吱——吱”的声音又叫了。好个调皮的家伙，它也学会了“嬉戏”。这一次，我把目光射向屋中所有的角落和场地，最后，终于在小草旁的石壁上找到一只如指甲盖般大小的小蛐蛐。它似乎在庆幸自己的呼唤，终于招来了知音伙伴。它不再躲避灯光和周围的骚动，而是旁若无人地尽情歌唱……它是在为生命的蓬勃欢呼吗？它是在为不屈的小草歌唱吗？

听着这声音，我的灵魂仿佛得到了某种净化和启发：天涯何处无芳草，人间处处有蓬勃。生活中有多少值得我们去爱、去珍惜、去效仿、去讴歌的事啊。它们就像是道道涟漪，潺潺小溪，在我心海中荡起一片温柔和不尽的诗意……

原载 1991 年 9 月 27 日《羊城晚报》

林中鸿雁

去塞罕坝林海漫游时，小住在美林山庄。那一座座木制的小楼，红红的尖顶，错落在绿树丛中，绚丽斑驳，像是在林海中开出了一朵朵映山红，是那样的绮丽而清新。在小木屋的附近，有一湾静静的月牙湖，波光潋滟，清澈见底，早晨起来，人们都不约而同地向月牙湖走去。

刚走出几步，就见远处的湖面上，有一片硕大的落叶向我漂来，越来越大，在微明的晨曦中，我终于看清那不是树叶，而是聚集在一起的一群灰褐色的小野鸭。它们身贴着身，拥挤着向前漂流，娇小玲珑、乖稚可爱。我怕惊吓着小鸟，便蹲在草丛中仔细观察，只见每只鸟长着像鸭子般扁平而修长的嘴巴，两条腿很短，脚趾间有蹼，羽毛紫褐色，头的下部和胸脯为白色，背部有一道道黑条状的横纹，专吃水边的植物种子、小鱼和昆虫。我左瞧右看，恍然大悟：这哪里是野鸭，分明是春秋两季在高天上飞行的鸿雁啊！童年就知道的“鸿雁传书”的故事又在脑海中浮现了出来。汉使苏武被匈奴单于扣留 19 年在荒凉的大泽中牧羊，历尽了人间的凄凉和苦难，最后还是借“鸿雁传书”的由头，迫使单于不得不把苏武放了回来。小小的鸿雁，竟然救出了朝廷的命官，其功高不可没呵……

"鸿雁来这里落户已经两年了，去年小鸟刚来时也以为是野鸭，后经专家一看才知是大雁（即鸿雁），那头大鸟是领头雁，专管站岗放哨，虽然夏季人多，但互不干扰，人鸟和谐，谁也不怕谁了。"我回头一看，原来是"美林山庄"的经理姚先生。他家住河北蠡县，离这里很远，早年经营羊绒生意时，去内蒙古进货经常路过这里。他非常敬佩这里的工人，在风沙肆虐的高寒地区建成如此浩瀚无垠的大林海，感动得他非要为这绿地增点光色不可。经过与林场协商，决定在这块湿地上建一座别墅，即使不挣钱，也有个下榻的好去处，引来游人感受自然，纯洁心灵，使大家都能更好地爱护绿树和森林，也算是为这绿色尽点绵薄之力了。

山庄的大厅后边，有一棵高十多米的参天大树，绿叶青青，像巨伞一样把厅堂罩住。我跑到树下一看，原来这是一棵落叶松，树下有很多金莲花正在开放，亮晶晶，金闪闪，宛如无数颗小星星洒满地面。几棵柳兰花儿，偷偷地从墙角处探出头，像山娃们红红的笑脸把这美景看个够。我更惊诧于山庄的主人，把林中的花草树木，随着原来的生长状态，不但不破坏，还随形就势，精心塑造成各种景观。主人特意在树下塑了两只梅花鹿在吃草和瞭望，用巨大的玻璃把这棵树和周围的景物全部遮罩了起来，虽然还是厅，但树与花草从玻璃围住的十几米高的顶部洞开处，照样享受充足的阳光和雨露而茁壮生长，成为又一景观！这厅中的园林，屋中的"原生态"，称得上是匠心独运。

我走出厅堂四下张望，小木屋真的没有占用湿地，泉水在屋底下潺潺地流着，各种野花依然盛开，细长的树枝，从打开的窗口处伸进小屋，像是想与人握手言欢，人与自然变得如此亲近，谁还愿意离开呢？尊重自然、保护自然、享受自然，是生态文明的最高体现。来到美林，荡涤了心灵，融入了自然；湖面上的鸿雁仍在嬉戏，我的心底也在膨胀着喜悦和激情，我们彼此共欣赏，一起享受这里的温馨和美丽。

原载 2008 年 7 月 14 日《人民日报》

外国猎手在木兰

在一个凄冷而又寂寞的季节，我们到木兰围场去打猎。当大家迎着寒流，冒着风雪，终于爬上海拔 1900 多米的坝上雪原时，眉毛和胡须已结出好看的冰凌。

“真美！真美！”一串惊奇的叫声，首先从两位外国客人的口中冒了出来。一座雄奇壮丽有如水晶宫般的殿堂，忽然出现在眼前。那细长如带的公路，结着一层厚厚的、怕是永远也不会融化的坚冰，在阳光下闪着夺目的光彩。那些挺拔高大的云杉树和樟子松，肩挨着肩，手牵着手，硬是凭着彼此的肢体，顶起一个沉甸甸的冰雪世界。就连那些几乎是倒伏在地上的纤纤细草，也吃力地弓起腰，拼命地支撑着一串串闪烁的冰凌……

我的两眼看呆了。此时的天空，像玻璃一样透明；此时的山野，像池水一样宁静；此时的林海，像梦幻一样空灵；此时的大漠雪国，是宇宙间最富有魅力的圣宫！是的，大自然是永恒的，就像那些处在妙龄年华的少女一样，无论春夏秋冬，无论身着什么样的衣裙，都是风姿翩翩，妩媚动人，似有一种天赋的、和谐的、自然的美，如瀑布般地流泻出来，就像这个曾被人们视为在冬季绝不可问津的塞上林海一样，即使在风雪中也是如此的神奇美丽，因为这是大自然在不同季节里向人们展露的风采和馈赠。两位外国朋友睁大了眼睛，情不自禁地在雪地上奔跑着，呼叫着，连声地说：“太美了！想不到中国的皇帝竟有如此的慧眼，选中了这么一块极好的狩猎名苑，不但风景秀丽，而且地形地貌、山川谷地，也都布局得天然合理。”

这两位国际友人，身材高大者为施泰因豪森，是联邦德国奥林匹亚旅行社总裁；另一位叫布鲁克曼，是狩猎专家。他们是应国家旅游局局长的邀请，来围场坝上考察昔日皇家猎苑的。

因为坝上气候太冷，司机怕长时间停车冻坏水箱，就一再催我们赶快上车，大家只好恋恋不舍地告别这块幽美的去处而上路了。汽车沿着那条“镜面路”向前奔驰，不一会儿就冲进密林深处了。这时，向导老张忽然用手拍了一下司机的肩头，急切地说：“快停车，前边的草丛里有一条大狐狸！”我没有打过猎，一听说有野兽，尽管身边的人都荷枪实弹，但我仍感到非常紧张，像真的发现了什么敌情一样。

噢！看见了。在前边不远的地方，一条红色的狐狸正蹲在草丛里觅食。那长长的绒毛，像火焰一样闪亮。不要说猎手见到它欣喜异常，就连我这样看到兽类就害怕的人，望着那条红毛大狐狸也想跃跃欲擒了。

老猎手施泰因豪森本能地端起猎枪，把身体稳稳地靠在车轮上，迅速地把枪口瞄准那头野兽，连我都能从瞄准器上的小镜里看到狐狸的整个身体。我捂住耳朵，屏住呼吸，等待着听那砰然一响，好跑去捡那条野狐狸。但时间一秒一秒地过去了，时隔很久，也听不到响声，急得我大声地喊着：“快开枪呀！”

老猎手继续用心瞄着，那长长的食指，总也不肯扣动扳机。这时，奇迹发生了。那狐狸好像看到了周围发生的一切，它朝着那位黄头发蓝眼睛的陌生来客转过身，举起两只前爪，上下不停地摇动着，像哈巴狗耍乖那样，故意在向人们作着揖，以讨人的喜欢。施泰因豪森先生的手动了一下，仍目不转睛地望着，最后，他终于收回枪身，摇摇头，眼巴巴地看着那条肥大的狐狸向远山逃去了……

我们都默默无言地回到车上，只有施泰因豪森先生非常高兴。他说这是条雄性狐狸，长得很美。他已多年没有看到这样毛色好、个头大的狐狸了。向导老张是当地有名的神枪手，他见到这样好的猎物失掉，感到很沮丧，不无蔑视地望了“老外”一眼，悻悻地说：“要知道你不打，我早就开枪了。”

施泰因豪森摊开双手，诙谐地说：“它长得太美了，看着它，我的枪直发抖，对这么好的动物，怎么能下得去手呢？何况，它还举起前爪，像在求饶似的直作揖，对这样的弱者，是不能不产生怜悯之心的。”

车子继续前行，我们已进入茫茫的林海，这里是獐狍野鹿出没的地方。路上，不时有三三两两的扛枪猎人走过。他们用枪梢挑着山鸡，用绳子拖着刚打的公狍，扬扬得意地往回走。两位外国朋友见到那么多同行，不但不打招呼，反而一个劲地直摇头：“太可惜了，这哪里是打猎，分明是在掠夺！这样下去，怎么能保护住动物资源呢？”他们认为这个皇家猎场非常可观，动物也不少，要在这里建个国际狩猎场完全可行。但若是动物资源保护不好，像现在这样，随便到林区捕杀，再丰富的资源也会被破坏殆尽的。在他们看来，狩猎不是为了吃肉，更不是为了卖钱，而是一种高雅的精神享受。比如刚才对那条美丽的狐狸，虽未开枪，但能看一眼那样漂亮的动物就足矣！

在路过天桥梁时，又见从树林中跑出一头像毛驴般大小的马鹿来，而且这头“傻大个儿”，根本没想到它所遇到的是最出色的猎手。按照我们事先的规定，他们进猎区后可以打一头马鹿。布鲁克曼这回真的把枪举起来了，那黑洞洞的枪口，立时对准了马鹿的头。见这情景，我又闭上眼睛，胆战心惊地等待着那“砰”的一声巨响。但出人意料的是，他的手也没有扣动扳机。那头胆大的马鹿高高地扬起头，向我们望望，呦呦两声，好像是在打招呼那样，说声再见就悠闲地向山林深处跑去了。

这下我们都愣住了。如果说不打那条狐狸，因为它长得太美；可对这头粗陋不堪的长毛马鹿又为啥不开枪呢？唯一的解释就是他们的枪法不好。

布鲁克曼是这样回答的："这是一头母鹿，按照狩猎规定，对雌性动物不能打；正处繁殖期的不能打；年幼的不能打……" 好家伙！他一连气说了七八个不能打，终于使这头马鹿也得救了。

我望着眼前这两位真正的猎人，心里不由得生出许多感慨：我们许多人狩猎就是为了吃野味，根本想不到有什么选择和保护。就拿这个皇家猎苑来说，从公元1681年建围至今，不知道捕杀了多少动物，这与无情的掠夺和屠杀没有什么两样。据史书记载，每年秋天，康熙皇帝都要带领一万多人马，分三班赴木兰围场狩猎，连青海、甘肃等地的蒙古贵族，都要赶来参加皇家的秋狝。每天黎明，满、汉管围的大臣，率蒙族骑兵、满洲八旗、虎枪营士卒、各部落的射击手出营，分左右两翼，绕过向导选定的围场，合围靠拢，形成一个方圆几十公里的大包围圈，然后逐渐缩小。待到日出前，皇帝从行营环视围内形势，带好弓箭佩刀，然后率大臣、侍卫、亲随、射击手和虎枪手入围。由皇帝、皇太子先射，以显示封建皇帝的无限权威和绝对尊严。当围猎圈缩到很小时，满蒙王公和诸部落射击手们都大显神通，只见矢上弦，剑出鞘，旌旗飘飘，战马啸啸，听军中一声号令，疾风骤雨般的马蹄声，立刻震撼山野。围中的各种禽兽都发出绝望的哀鸣，即使有的野兽侥幸逃出包围圈，也要被遍布在外围的一些虎枪营士兵击杀。一天的行围，如短兵相接，十分激烈。然后，"陈牲数获"，论功行赏。随即点起千百堆篝火，在夜幕里举行盛大的野餐。据不完全统计，光康熙皇帝就亲自去围场狩猎48次之多，射死老虎135只、熊20只、豹25只、猞猁狲10只、麋鹿14只、狼96只、野猪132只、野鹿数百只，并且在一日之内，射兔318只……可见这座举世闻名的皇家猎苑，竟是一个令人惨不忍睹的野生动物的屠宰场。难怪我们的森林和动物越来越少，这也是从封建社会流传下来的一种弊端所致，即只知猎取，不知保护，才造成今天的恶果。

其实，这座皇家猎苑，到了20世纪50年代初，已是一片荒野了。不要说老虎、野鹿绝迹，连一只小毛兔都很少见了。幸亏从1962年开始，国家在这里建了一座大林场，长出了绿色，才又恢复了生态平衡，野生动物逐渐繁衍了起来。如今在这里除了老虎、麋鹿以外，几乎所有从前有过的动物，现在又都出现了。尤其是狍子和黄羊，更是成群结队，到处可见。

“我们要向韩克华先生建议，一定要有一个严格制度，再也不能随意捕杀动物了。”两位联邦德国客人不时地向我们发出警告。他们先后两次上坝共十多天时间，只捕获了一对大松鸡，说是第一次到中国的猎场来，要带回去做标本，以作纪念。

临别时，当地政府举行了盛大的宴会。为招待好这两位远道而来的客人，宴席上的名菜，几乎全是当地产的山珍野味，什么爆炒山鸡丁啦，特制梅花菜啦，鹿肉丸子汤啦……真是数不胜数。陪同的人吃得津津有味，两位猎手却如坐针毡，窘不可言。每上一道菜，他们都要发出“呀——”的一声嘘叹，连连说：“太可惜了，太可惜了。”他们认为，这样大吃大嚼野生动物，简直是一种罪孽。一桌普通的宴席，起码要宰杀十几种野生动物，这是多么令人遗憾的事啊！

他们紧紧地拉着当地官员的手，语重心长地说：“这是一座美丽无比的皇家猎苑，一定要保护好野生动物，否则，将来即使向国际开放，也挣不了多少钱。”

他们的话是很有道理的。我国狩猎活动才刚刚开始，非常缺乏狩猎方面的知识和训练。我觉得像施泰因豪森和布鲁克曼这样的人，才称得起是真正的猎手，我想，我们会从他们身上学到一些有用的东西的。

原载1987年7月8日《中国旅游报》

木兰冬猎

木兰围场，是闻名遐迩的皇家狩猎胜地。清王朝的几代皇帝，都曾在这里举行过秋狝盛典。在承德避暑山庄的博物馆里，至今还珍藏有一幅乾隆举行狩猎之典的《秋狝图》，再现了当年习武围猎的壮阔场面。

20 世纪 60 年代初期，国家在木兰围场的塞罕坝上，建了一座广袤无垠的人工林场，早已绝迹的獐狍野鹿，又纷纷回到这块美丽而又神奇的地方。一向有打猎习惯的山民们，这几年都重操旧业，可以说是打猎成风，很多从坝上下来的人，都带着新鲜的猎物，绘声绘色地向人们描述着狩猎的情景，真令人心驰神往……

林场的司机老范，正开着车，忽见公路上有三只叫狍正厮打得难解难分，它们把彼此的犄角绞在一起，谁也分不开。他停下车，只用一根摇车用的铁把儿，竟将这三只叫狍子打死，装了一车……

还有一位司机小张，由于车子开得太快，一群松鸡被冲得上下乱飞，有一只松鸡竟撞在挡风玻璃上，因冲力太大，将厚厚的玻璃穿个大窟窿，没动脚窝就顺手得来一只大松鸡……

场里有一位康拜因机手，夜里在草原上耕地，一只狍子在草窝里睡着了，机器开到眼前还不知道，惊醒后急不择路，竟跳上了驾驶台，滚进了传送带，被碾成了肉酱……

有时狍子居然钻到场部的库房里，被工人们活活地逮住……说起狩猎，大家一个个眉飞色舞，活灵活现，好像那众多的猎物，就在他们眼前。听了这些生动的叙述，谁不想欣然前往呢？尤其是最近几年，随着坝上林海的开放，很多游人从北京骑着摩托直接来，用普通的小口径步枪，一天就能打一两麻袋小山鸡和大野鸡。一个群众性的狩猎活动，早已不亚于当年皇家举行秋狝时的盛大场面了。

我踽踽地走在林间的雪地上，望着这一派迷人的冬色，早已把围猎的事忘到九霄云外了。正走着，忽然从身旁的雪窝里，冒出一个人来。他戴着一顶狗皮帽子，身穿一件翻毛的羊皮袄，要不是他先说话，我真以为是遇到了什么野兽呢！

这个人很敏捷，跳跃着双脚，很快来到我的面前，摘掉那顶狗皮帽子叫我看，原来是一个只有十一二岁的小男孩。他头上冒着乎乎的热气，嘴里龇着一对小虎牙，诧异地仰望着我说："叔叔，你起这么早也是来遛山的吗？"

他见我不懂他的话，就边比画边解释说："就是起早到山里遛套子，捡起那些被套住的松鸡、野兔呀。"原来，这林区里的"遛山"，和海边上的人早起"赶海"一样令人神往。

我看他手中拿着两个有碗口大小的铁丝套，问："你拿的这是啥？"

"兔套子呗！我在这附近下了三个套，有两个是空的，还有一个没找到。"他有些扫兴地低下了头。

"你这么小小的年纪就会狩猎？"

"会。不过，我是最笨的了，只能套套兔子和山鸡。我那几个同学，有的才八九岁，不但能套兔子，还能套狐狸呢。"

他的话还没有说完，就"噢"地一声跳了起来，连声喊道："套住了！套住了！"说罢，就连滚带爬地向前边不远处的一个草窝里扑去。我受他的感染，也深一脚、浅一脚地跟他跑，到了草跟前一看，可不，在两棵小树的中间，有一个用铁丝围成的套，刚好卡住一只野兔的脖子。那只足有七八斤重的大兔子，早已被冻得像一块砖头。

“呀！小家伙，你可真不简单呀，一清早就套住了这么一只大兔子。”

那少年吐了吐舌头，龇着小虎牙说：“这算啥，俺们村的老牛倌——赵大爷，那才是个有名的冬猎能手呢。他放了一辈子牛，套的狍子没有数，一套一个，人称套狍大王，最多一天他能套八只。”

我觉得这小家伙有些神聊儿，便摇摇头跟他走。快进村口时，有一位白胡子老人，赶着一辆小牛车，飞快地跑了出来。小家伙忙拉住我的袖口，挤眉弄眼地小声告诉我：“他就是套狍大王。”

这老人有60多岁，身板很硬朗。在他的腰里，缠了好几圈粗铁丝，赶着小牛车，一个劲儿地朝前跑。

我忙迎上去问：“大伯！这么早要干啥去？”

“套狍去！”

“套狍还要赶车吗？”

“不赶车我拉不动呀。”

我一听真玄，不由分说，向小家伙摆摆手，就跳上他的车，凑到他的跟前，说明自己大老远到坝上来，就是想看看冬猎的情景。他回过头，眯起双眼，非常美气地说：“你算找对了，不瞒同志说，俺可是个远近闻名的套狍能手，说不定，咱爷俩今天就能拉回几只，叫你开开眼。”

他把车赶到山根下拴好，然后领着我爬上了一座小阳坡，顺着一道梁脊朝上走。我有些奇怪地问：“这样没有遮掩的梁岗上能有狍子吗？”

“你说这话就外行了。狍子是夏扎阴坡，秋向阳，冬天专走梁岗岗。因为山脊草低、雪少、向阳，比别处暖和，容易找到一些不被大雪埋没的蒿草吃。”

“那样不就暴露目标了吗？”

“是啊，狍子是动物中最温驯憨傻的一种，从来都与世无争，整天就知道找草吃，最容易被人捕获。”

正说着，头上忽然飞来一群老鸹，落在附近的一棵云杉树上，嘎嘎地叫个不停。老赵头机敏地止住步，不停地四下张望，支棱着耳朵仔细地听，过了一会儿，他忽然一拍大腿，几乎像孩子般地跳了起来：“套住了，连老鸹都急着要吃狍子肉呢。”

我们连蹿带跳，不一会儿就跑到那棵云杉树下，只见一只像小毛驴那样健壮的叫狍，瞪着眼，咬着舌头，早已冻僵在雪地上。一根细细的铁丝，勒进它的脖颈，看样子，是这只公狍在走路时不小心，中了老赵头的圈套的。

我第一次见到狍子，它灰褐色的毛，长长的犄角生着叉，非常可爱。可惜这种小生灵太傻了，如老赵所说，经常中人家的“埋伏”。我扑上去，想把它抱起来，可说啥也抱不动。老赵头从腰间解下一截铁丝，拴在狍子的脖颈上，顺着雪坡朝下拉，像打滑溜一样，非常省劲地朝山下滑去。

下山的时候我们走的是另一条路。老赵说这叫溜栽坡。是专套狍子从山顶朝下跑时用的。老牛倌套的狍子已经成百上千，几乎每下一个套，都能有猎物。他解下那根狍子套，开始向我传授“秘诀”：“大树林里套狍，因为树下没有草，是‘清膛’，下套时要高一些，圆套的上缘与胸齐，下缘至膝盖处最好；在矮一点的灌木丛中，因为狍子路过时需要低头钻林子，这样下套时要低一些，圆套的上缘与腰齐，下缘在膝盖稍下一点即可；有草有树的荒坡上，狍子路过时，边钻林、边寻草，下的套子更要低，上缘要与大腿根齐，下缘放在脚面以上；套栽坡的狍子（即从山顶上朝下跑的狍子），放的套子与在荒坡上的套法一样，选择下套的地点一定在狍子来回走动的脚印上，光有去的脚踪，没有回来的脚印不行，那是过路的狍子，套不住……”

他滔滔不绝地讲着，这简直是一部资料翔实、有根有据的狩猎书，听得我如醉如痴。我们把从山上捡回来的死狍，放到小牛车上，吱嘎吱嘎地朝回走，那古怪而又单调的响声，好像是在哼着一首古老的狩猎歌。

这老人虽然套了很多狍子，但他一只也不卖。在他住的小草屋里，整个炕上堆的全是晒干了的狍子肉，像小山一样高。从炕面一直堆到屋脊，只在炕头上，留下一条窄窄的空地留他睡觉。附近的农民和来往的过客，以及林场的工人，谁想吃狍子肉，就拐弯抹角地来到这小草屋里串个门，落个脚，只要美美地叫他几声赵大爷，或是套狍能手，不论是谁，哪怕是从未见过的陌生人，也能在他那里美美地吃上一顿。特别是对林场的干部和工人，他更是慷慨大方，逢年过节，主动地将狍子送上几只。他说："是人家林场造了林，才有了狍子，吃水怎么能忘打井人呢？"这几年，木兰围场不但来了獐、狍、野鹿和其他一些名贵的野兽，就连天鹅、地鹔之类的珍禽，也来这里落了户，这都是因为有了这个浩瀚无垠的大林海，才重新恢复了生态平衡，这人间的盛世，也使动物界出现了一派勃勃的生机。

原载1987年5月2日《天津日报》

鸟情

每逢清晨，一阵儿“叽叽”的鸟叫声把我叫醒，那声音是那么清新悦耳，犹如天籁之音，让我感到莫名的亲近。在晨曦的微光中，在不断扩大的鱼肚白里，使我不由得从内心呼喊出多好的一天啊！

这时，我看着邻居把他新买的一对“百灵鸟”笼子，提了出来，蹒跚着、晃动着，走在路上，望着他的背影，人们喃喃地说，真是一路歌声一路情啊。

其实，我平时对鸟雀很少接触，因此兴趣并不浓。只是因为那次到了木兰围场的坝上，才使我对这小生灵产生一种特殊的感情，而且是魂牵梦萦，难以忘怀；尤其是邻居家有了这对小鸟后更让我感念不忘了。

那是在一个湿漉漉的早晨，我踩着晶莹闪亮的露珠儿，披着馨香扑鼻的花雾，正在草地上行走，耳边忽然传来一阵“好吃——细粉儿”“好吃——细粉儿”的幽幽叫声。定睛一瞧，却是两只灰褐色的小鸟，站在河柳的枝头，像女歌唱家那样摆好姿势，扬起小脖儿，正在唱个不停。那声音，如山泉溪水在淙淙流淌，似悠扬的琴弦在轻轻地弹唱，婉转清脆，有节有拍，十分悦耳，一下子就把我给“迷”住了。

我生怕吓着这两位美丽的“歌手”，几乎是蹲着身，挪动着双脚朝前爬。这对小鸟非常乖巧，它们像小女孩穿上花裙子似的，故意左摇右摆，好让人看个够。我敢说，这是我有生以来，所见到的最美的一种鸟了。它比麻雀、画眉要大些，白白的眼圈、长长的燕尾、花色的羽毛、鲜红的小腿……最惹人喜爱的是，在它的脖子上还有一圈黑色的绒毛，油亮亮的，像琥珀项链一样。再往下瞧，就是一双倾斜的尖爪了，它像钳子一样抓着树枝，悠然自若，灵秀可爱。看到这模样儿，我不由得呼叫起来：“好美的鸟儿呀！”

不料，这对小东西，听到我的恭维，非但没有感激，而是扑棱棱地飞走了。真叫人惋惜，我多么想亲近它们啊。望着鸟儿飞去的背影，我非常失望地立起身，缓缓地向回走去。刚走出不远，又听“嚯”的一声，从身边的草丛里，猛地“冒”出一个小家伙来。他气呼呼地用手摘掉绿草编成的小帽，又解下背上的一捆青草，斜着小眼珠，对我说：“你喊啥？好好的一窝‘百灵鸟’，生叫你给冲散了。”

这少年有十二三岁，浓眉秀眼，小鼻子总往上翘，露出一脸嘎相。尤其是那对小虎牙，不时地朝外龇着，好像总在笑。他抹着满脸的泥土，小胸脯一起一伏，大口地喘着粗气。我非常歉意地抚摸着他的头发说：“小老弟，别见怪，我初到坝上，见啥都新鲜。你说的这种‘百灵鸟’实在美得出奇，不知不觉地就叫出声来了。”

他看我背着水壶和雨伞，龇着小虎牙轻声地问：“你是到我们坝上来旅游的吧？”

我点了点头，他却不好意思地揉搓起衣襟来了：“你不知道，这里的百灵鸟可出名了。”

“哦？为啥这儿的百灵鸟最出名呢？”

他迅速地“白”了我一眼，说：“你连这都不知道！”说着，他伸出小手，“你看见那山了吗？”我顺他手指的方向一望，只见远处的一座山峦，彩云缭绕，流丹溢红，好像是一堆熊熊燃烧的篝火，连附近的草地都被映照得红彤彤的。小家伙告诉我，那就是红山，当年康熙皇帝打猎路过这里时，看到这山上的鸟特出奇，能学百鸟音、体形赛黄莺、斜爪最传神；还有玉石样的嘴儿、小红腿、细长尾，这三绝三美，喜得他赞不绝口，连连说：“这真是天下最美的百灵鸟了。”刚说完，小鸟一齐围了上来，拍着翅膀，欢叫不停，从此，这里的鸟就天下闻名了。

“你刚才趴在地上干啥呢？”我问。

“掏鸟窝呀！这些鸟儿可聪明了。掏窝时，必须先伪装好，让它一点也不能看出破绽，这样，大鸟才敢送食来。它先是在空中转几圈儿，见周围没有人，才落下来，拐两三个弯儿，再进窝。”

“那为啥不下套呀？”

“套鸟可不中。这鸟最刚烈，它一旦当了‘俘虏’，就先把舌头咬断，再也不能出声了。”

“呀——想不到这样美丽的鸟，竟对人有这样的敌意。”我自言自语地说。

“不！人只要待它好，它可有感情呢。”小家伙和我争辩说。他说他爷爷也养了一只百灵鸟，整天和老人亲得不行。一听到爷爷的脚步声，就扑扇着翅膀使劲叫。有一次夜间，鸟笼的门开了，那鸟飞出去好几天，急得爷爷吃不下饭，睡不好觉，整天像中了魔似的，提着一个空笼子到处转。到了第三天头上，忽然空中飞来一只百灵鸟，一见着那笼子就落了下来，当它看到爷爷后，不但没有飞，而是很快就钻进鸟笼，欢快地跳来跳去，一气叫了大半宿，好像是在说：“你看，我不是又回来了吗？”

蓦地，一股深深的鸟情，忽然打动了我的心。使我这个对鸟雀一向不大感兴趣的人，不由得对鸟雀产生了一种由衷的喜爱和钟情，这是一种多么有情有义的百灵鸟啊。自从邻居家有了这对百灵鸟后，我几乎天天都在观赏它们的倩影，谛听小鸟的叫声，美丽的百灵鸟啊，你早已定格在我的心中了……

选入《黎雀声声》花山文艺出版社 1986 年版

森林浴

今年夏天，北方的气温骤然升高，连素有盛名的避暑山庄也不避暑了。山城人被热得大汗淋漓，气喘吁吁。我家的居室设备简陋，根本没有淋浴，只是临时在小厕所里安了一个喷头，一旦汗流浃背、燠热难挨时，就跑进厕所里拧开龙头冲一冲，一天不知要跑多少遍。

林区的一位朋友来我家做客。我看他热得不行，也叫他去厕所里冲一冲。不料他“噗”的一声笑了，不无戏谑地说：“亏你还是个舞文弄墨的人，这么大热的天，光用水冲管啥用？为啥不到我们坝上做一次森林浴呢？那可是个消暑解热、强健身体的好浴场。你要不去，可要后悔一辈子的呀！”经他这一说，使我忽然想起来了：在当今的世界上，早已开辟了众多的森林医院和浴场，利用暑天假日，到林海里一游，确实是个难得的享受。这样的美差，何乐而不为呢？我遵从朋友的劝告，决定到森林里走一趟，以解暑热之苦。

从承德坐车北上，气温逐渐变凉。每向北走一段，时令就要朝回提前十几天，那条越盘越高的山乡公路，好像是温度计上的水银柱，随着地势的升高，水银的刻度不断下降。刚出城时，热得人们只能穿背心裤衩，可到了木兰围场，就不得不换上秋衣和长袖的衣褂了。当汽车加大油门，终于爬上河北与内蒙古接壤的一条山坝时，立时出现一种凉风习习、花香扑鼻、千山披秀、万树吐翠的境地。真没想到，姗姗而去的春姑娘，直到六月天才来到了这里！看到这一片春色，我们都纷纷跳下车，跑上附近的一座山冈，举目环眺，只见一片绿色的海浪，奔来眼底；浩渺无垠的绿色，直铺天际。面对这样一个碧波荡漾的绿海，心潮立刻搏动起来，我恨不能马上就脱掉衣服，跳进那绿波翠浪之中，去游泳、去奔腾、去淋浴，去把浑身的污渍和暑热全部洗掉。

我的朋友是林区负责人，他非要陪我一同来做“森林浴”。他见我神情激动，忙凑上来说：“怎么样？这‘林浴’虽没有经过整理和挂牌营业，但光是看一下，也不知要比你家的水龙头强多少倍！走，咱们‘下水’里看看，体会一下森林浴的滋味。”说罢，他领着我走下山头，慢慢地进入了林区，一种从未有过的新奇、甜爽和惬意，一齐向我袭来，顿感心旷神怡，如同躺在平静的水面上，任凭水的轻波把我荡来荡去……

这里的树木，大多是混交林。白桦、杨树、樟子松和沙榆，各显神“姿”，互相竞秀，呈现着一种多色调的美。林中的落叶有半尺多厚，人走在上面，像踩在海绵上一样松软。那些在树上栖息的画眉、鹦鹉、鹧鸪和山鸡等，见了我们不停地在头上翻飞，发着叽叽喳喳的鸣啭，好像是在合唱着一首歌，欢迎客人们的到来。老友说，自从林子长起来以后，各种珍奇的禽兽都陆续迁来落户，森林里不但有猢狲、野鹿、金钱豹之类的稀有动物，还来了如天鹅、地鹔、黄鹂等早已绝迹的珍禽。它们像是也来这里建别墅、搭高楼，每天好进行森林浴。正说着，忽听林中“唰唰”一阵山响，抬头一看，一群带着虬枝一样犄角的野狍，从眼前大模大样地走了过来，根本不怕人。这可是货真价实的傻狍子。

老友说，这几年被打死的可多了，每年都有数千只，有一个放牛的老头儿，不用枪，不用药，光用绳子套，一年就能逮住几百只。

“这样下去还了得，你们得想法子制止住呀！”我吃惊地说。

“林子大，谁看得住呢。尤其是北京、承德等城市的一些人，他们经常骑着摩托来，说是旅游，可每人都带着一支小口径步枪，猫在密林里，谁也看不见，不到半天的工夫，野鸡、松鸡就装了一麻袋，骑上摩托就跑了，谁也追不上。”

这时，忽然觉着身边嗡嗡营营，像有许多小蜜蜂。我感到有些纳闷。老友笑着说，走出这片森林，就是坝上有名的花地了。这些蜜蜂是刚采花回来，在这里稍作小憩后，就要向远方飞去了。

我笑着说：“许是这些小蜜蜂也累出了汗，来这里进行森林浴吧。”

他望了我一眼，不以为然地说：“绿色是生命的象征，森林，是整个陆地生态系统的主体，是人类和其他动物赖以生存的生命之源，离开绿色，也就没有什么生物了……”他的这些鞭辟入里的见地，使我茅塞顿开，深受教益。这时，不但蜜蜂增多，连成群的蝴蝶也漫天飞来，如同进了一个正在落红的樱花世界。他告诉我：“花地到了。”我赶紧“撒目”，只见一片姹紫嫣红、色彩纷呈的花海已出现在眼前。

其实这花地，不过是森林与森林之间的一块空旷的地方，主要是为防火而隔开的空地。因为这地方原来就是草原，当森林起来以后，气候温和，雨水充足，没有风沙，各种野花就繁繁茂茂地生长起来了。这是我有生以来，第一次见到这样群芳荟萃、色彩缤纷的花地，有鲜红娇艳的石柱子；有金黄欲滴的大烟花；也有淡紫泛红的柳兰和洁白如雪的野芍药……这里是花的聚会，美的展览，香的奉献……

在这片神奇而又美丽的土地上，根本看不到其他植物，完全被一幅花团锦簇所铺满。而且这些花很有层次，形成立体感。有高高的金莲花，也有矮小的只罩在地皮上的苔藓花；有碗口般大小的野菊花；也有指甲盖般小巧玲珑的石竹子花，千姿百态，争芳斗艳。这些花各有特色，无不呈现自己天赋的美。它们开得热烈、奔放，毫无人工雕琢之意。每朵花都浮着一层细密的露珠，亮晶晶的，有的还有一层薄薄的脂粉，像一个个刚出浴的仙女，亭亭玉立，正捧着喷香的美酒和香露向我们频频举来。我的心开始震颤了，我想即使再狂暴的人，到了这里，他的心灵，也会被这迷人的花香和玉液所迷醉、所感化的。人的一切美好良知和天性，都会被这遍地的鲜花所唤起和复苏的。我已忘记了自己的存在，在我的心中，只能反复重复着这样几个字：美！美！美！……

我听不见老友絮絮叨叨的话语，只想把自己也融化在这花海里。我情不由已地倒下身，趴在花丛里，欣赏着一朵朵花的倩姿和丽影。在我的视网膜里，映现着的不再是单纯的花，而是一片彩色的春水，奇香无比，奔流而去。于是，我在这花海里自由地呼吸，自由地游泳，自由地死去……啊，那些肮脏的心灵哪能与这纯洁无瑕的花海相比呢？我想，只有此时，我才真正属于自己，因为我也变成花中的一粟，香海中的一滴了。啊啊，我醉了，我痴了，我在这花地上自由地打起滚来了……

也不知过了多久，老友终于把我从花地上拉了起来，动情地说："我从东北林学院一毕业就到这里，并与当地一位不识字的农村姑娘结了婚，如今我的孩子都25岁了，只有初中文化水平。可我不后悔和惋惜，我虽然失去了很多，但这大森林和这美丽的花地，却给予我人生中最纯朴、最自然、最高尚的美，这种享受是其他人所求之不得的。"

听了老友的话，我想起在林区招待所时，曾和一群在坝上生活的青年人举行过座谈，有一个小女孩，老家是天津的，奶奶经常来信叫她回去，可她却说："在天津我待不住，觉得那里的空气不够用，总憋得慌，花草也蔫不唧唧，满面灰尘，没有生气。哪有我们这林区好，空气随便吸，花草总像刚从水里捞出来似的，水灵灵的，叫人爱不够。"是啊，人，本来就是大自然中的一员，如果寻根的话，是应该再回到这纯净幽美的绿色中去的。

下山时，见道边上生出两朵奇异的花，我想看个究竟，走到跟前，天呀，原来是一对情侣，正在花伞下亲昵。男的戴着一副进口墨镜，穿着花衬衫，牛仔裤；女的穿一身像柳兰一样鲜艳的连衣裙，倩姿翩翩，绰约动人，宛如两朵并蒂莲，正在碧波中开放。

我很羡慕这对青年人，他们才真正配得上这花的称号，才真正能与这花相媲美。经过攀谈，知道这对青年是北京人，正在旅行结婚。本来双方的老人已在家里为他们筹备好了婚礼，可他们却忍受不了今年的暑热，才慕名来到坝上度过他们的蜜月生活。

我说：“那北戴河不是更好吗？还可以天天洗海澡，做淋浴。”

青年人笑了，他立起身来很有礼貌地对我说：“森林是世界上最好的‘淋浴’，一公顷阔叶林每年能向空中蒸发数千吨水。强烈的阳光有35%被树吸收，其余的20%~25%被反射到空中，实际上森林里是没有暑天的。”

那位新娘忙抢着补充：“人在林中散步，满目皆绿，对人的神经系统、大脑皮层及视网膜组织有调节作用，树叶能减少紫外线对眼睛的刺激。树还能分泌一种大气‘维生素’——萜烯类气态物质，有消炎利尿、促进呼吸器官纤毛运动的功效。”

原来，这对青年是林学院的大学毕业生，他们对森林的作用，有更深的了解和体会，难怪他们千里迢迢赶到坝上，仁者见仁，智者见智，他们此行，一定有很多收获。我也从一些书上得知，如今世界上有许多国家已建了森林医院，绿色能制造一种维他命，专治人的慢性病。我们和那对青年聊了一阵，衷心祝贺他们新婚幸福，使我对森林浴又增加了理性认识。

这次去坝上做森林浴，共七天，回来后一称，体重增加两斤半，精神爽朗，心情舒畅；更重要的是，我这个从不养花种草的人，也跑到花店，买来文竹、君子兰、月季和其他常青的草木，在我那五尺长的阳台上，也泛出一股淡淡的绿色和浓郁的花气了。虽然这点绿，远不能跟林海相比，但它起码是寄托了我一种深深的向往，那丛丛的绿色，不也是一个森林浴的喷头吗？假如我们的楼群、我们的城市、我们的乡村，家家都能栽点花，种点草，多一片绿色，那我们的国家、我们的民族，将从这不断扩大的绿色中得到多少好处啊……

原载1988年7月1日《中国乡镇企业报》

云杉赋

一进冰封雪飘的冬日，我家书案上那盆流津滴翠的云杉树，像注了“催生剂”似的，眼瞅着它枝繁叶茂起来了。而且，越是风寒气冷，越是挺拔飘逸。那长长的针叶，宛如一簇簇绿色的光束，把斗室映照得清幽淡雅，春意盎然……

全家人对这株隽秀的云杉树，喜欢得几乎到了如醉如痴的程度。无论是茶余饭后，还是上班出工之前，总要悄悄地来到树前，左右端详，美美地欣赏一番才肯离去。因为，这小小的云杉，已使人能在萧疏的氛围中，感受到春在召唤，绿在呼喊了。尤其是那蓊蓊郁郁的神态，更让你时常地想起一位鞠躬尽瘁、数十年如一日地为祖国泼洒绿色的人来。

那是在三年前的炎夏，我们到塞罕坝机械林场去避暑。这林场，共有100多万亩森林，像碧波荡漾的海面一样宽阔。人在林中行走，真比沐浴在海滨还要新奇、甜爽和惬意。有一次，我们正走着，忽见林中出现一座小屋，红红的瓦，白白的墙，似一朵莲花在绿野中初绽，如一只小船在林海中荡桨。特别是那一扇扇明净的窗玻璃，在斑驳的阳光照射下，绚丽夺目，像是一座小巧玲珑的翡翠宫，扑朔迷离、神奇无比。陪我来的老李，忙把我让进小屋，原来这是专供外业工人休息的。我们坐在这里小憩，就像置身于一个幸福的摇篮里那样安谧。那簌簌作响的林涛声，活像母亲哼过的催眠曲；那芬芳馥郁的花香，真似母亲的乳汁一样香甜；那丝丝凉凉的轻风，不就是母亲在抚摸和亲昵吗？……哦，我敢说，这森林，是迄今为止，人类所具有的最好净化器，它使苍穹更加明净和湛蓝；它使空气更加清新和爽朗；它使大地更加秀丽和富于幻想；它使人生更加美好和欢畅……

“多少次了，一到这儿就不想走。在这里可以触摸到大山的呼吸，谛听到森林的絮语，还可以激起你对许多往事的回忆……”

我惊讶地回过头，望着老李那发呆的样子问道：“你天天守着森林，还看不够？”

“够？这森林，是我的理想，我的寄托，我这一生一世，都毫不吝啬地献给它了。”

我茫然地低下了头，我知道这句问话已深深地触动了他。老李是这个林场的副总工程师，20 世纪 60 年代初，大学毕业分配到这里，来时荒原一片，如今绿树满山，他对森林，咋会没有一种特殊的感情呢？

过了一会儿，他又说：“你知道吗？这小屋过去是间马架子屋，我在这里被监禁了两年之久。”

“嗯！这里也有监狱？”

“有，那时我头上戴着‘臭老九’‘反动学术权威’‘摘帽右派’三顶大帽子，被专政后就发配到这里。”因为山高路远，职工不愿意来，场部就花高价雇一个临时工来当看守。那人每天炒好了菜，一边喝酒，一边叫我站在地上挨批斗。喝得高兴时，他干脆脱得赤条条，叫我在他那臊臭难闻的破衣服上拿虱子，一直到他鼾声如雷为止。

“造林季节到了，从东北运来的松苗全被冻死了，有些人要求下马，有些人背着行李悄悄地跑回家，在那艰难的时刻，只有我们这些大学生们，一个也没有动。大家知道，国家计委决定在塞罕坝上建林场，一是为了改善京津地区的气候条件，二是为了祖国多产木材。我那时已被剥夺搞技术的权利，可我还是趁着看守熟睡之机，偷偷地溜出草棚，在山坡上刨了一块荒地，继续进行落叶松和云杉苗的栽培试验，就这样，经过两年多的艰苦试验，终于在高寒区育出适合当地生长的松苗。”

他沉默了，两只眼在不停地眨动，那分明在抑制自己就要流泪的感情：“这莽莽的林海，每株树，都浸透着我们林场干部和工人的心血和汗水，我能不爱它们吗？”说完，他扬起右手，向山下指了指说，“你瞧——”

我顺着他手指的方向一望，只见眼前层层叠叠，推推拥拥，如吞天巨浪，卷地而来，发出一种震撼山岳的响声。仔细一看，却是一处更为浩瀚和深邃的林海。其树不高，但亭亭玉立，姿容秀美，浓荫如盖，使人惊羡！

老李见我那欣喜的样儿，忙介绍说：“这就是云杉树，它是林中的美女，如今已大批运往北京，连中南海都有这种风景树了。”说着，他捡起一截木棒，扒开青草，使劲地挖了起来，不一会儿，就将一棵幼树，连同土坨一起拔下。他用手将树根上的黑土拍实，然后脱下外罩，将树包好说：“这株树，就送给你做个纪念吧，看到它，就能想起坝上林海，会在你的心中永存一片新绿！”

我瞪大眼睛，慌忙地接过云杉，抱在怀中，沉甸甸的，仿佛我抱着的不是树，而是一位知识分子的高洁身躯。他不怕逆境奇寒，在荒凉的坝上扎根，把一片绿色洒给人间，这不正是云杉的风格吗？从此，我便深深地爱上这云杉树了……

原载 1985 年《河北林业》第 1 期

捅燕窝

在我的家乡，有这样一句俗语，叫作“七九河开，八九燕来”。时令一旦过了“惊蛰”，那双双对对的紫燕，就像是久别故乡的游子，陆陆续续地向北方飞来了。

它们每到一个村镇，就像是训练有素的仁义之师，立刻化整为零，悄悄地飞进千家万户，自己“搭房盖屋”，组成“家庭”，生儿育女，享受着宇宙间最值得崇尚的“天伦之乐”……

记得那年我过生日，妈妈特意为我做了一碗“长寿面”，在汤里放了两个又大又圆的白果。喜得我哪还顾得上嚼，简直是狼吞虎咽地朝嘴里倒。当我快吃到一半时，就听“啪”的一声，碗里忽地溅出许多汤点子，用眼一扫，天呀！竟是一块指甲盖大的脏泥巴掉在碗里。我的脸色立时由“晴”转“阴”，心里骤然生出一股懊恼委屈的情绪。

母亲却笑了，慈爱地抚摸着我的头，温情地规劝说：“你瞧，小燕子是无意的，它们正望着你道歉呢。”

我仰颏一望，见房脊上两条椽子中间，正在筑起一个鸟巢。一对紫色的小燕，露着白白的肚皮儿，歪着尖尖的小喙，眨动着一对水汪汪的小眼，像是哭泣的样子，正在不停地啼叫。仿佛是在说："原谅我们吧，小弟弟，这是筑巢时不小心才掉下来的呀……"

然而，一向娇惯而又任性的我，并没有原谅鸟儿们的无知和可怜，相反，却恨它不该弄脏了我的长寿面。从此，我特别留意燕子做窝的情景，不时地在寻找报复的机会。

这对紫燕乖稚可爱。它们从早到晚，不停地奔忙，从河边衔来一块块泥巴和稻草，小心翼翼地筑造着自己的巢。它们每次把叼来的泥巴，抹在巢壁上以后，总要吐出许多像"唾沫"一样的黏液，牢牢地粘住；再用它的喙，上下左右地蹭，像泥瓦匠那样，一点一点地修光。小燕的巢，在慢慢地增高，那对小夫妻，有时也落到附近的大柁上，望着新巢不停地叫，像高兴地欣赏着自己的"艺术作品"和劳动的成果。希冀着不久的将来，就能住进这"新房"，过上一种真正的恩爱生活。

大约过了一个月的光景，鸟巢终于筑成了。于是，我进行报复的机会也随之来临。那天下午，趁着母亲正在熟睡的空子，我偷偷地跑到场院，找了一根很长很长的秫秸棍，匆匆地跑回屋，见那对小鸟外出还没有回来，一场恶作剧便开始了。我先是用这根秫秸棍将鸟窝捅了一个洞，看着还不过瘾，就干脆抡起棍子，把那馒头似的窝，捣了个稀巴烂。那些碎泥片掉了一地。不一会儿，紫燕飞来了，一见屋梁上的巢被损坏，立时吓蒙了。它们不相信这是事实，以为是走错了地方，"唰"地一声飞出屋，立在当院里的电线上，左瞧右看。最后终于相信没有走错以后，又飞回屋，挨着椽子一根一根地去找，而后站在大柁上朝下一望，似一切全明白了。当时我手拿着秫秸棍儿，正幸灾乐祸地笑着，地上堆了一层泥块和稻草。于是，它们死死地盯住我，声嘶力竭地呼叫，一声比一声高，那凄厉的叫声，像是在哭泣，像是在呐喊。啊！这弱小无援的生灵啊，在如此巨大的灾难面前，不能抗争，不能搏斗，不能报仇！只能是这样不停地啁啾，以示自己的悲痛和不幸。我默默地低下头，不敢看它们的眼睛，我觉得自己像犯了什么罪一样恐惧和难过……

这小鸟的叫声，终于把母亲吵醒。她走出屋，见那对可怜的小燕，正在房上叫。妈妈朝地上一看，简直气疯了。她二话没说，啪啪两下，朝我圆鼓鼓的屁股上，重重地打了两巴掌，厉声地骂道："你这害人精，知道不，它们是吉祥鸟，到谁家谁发旺。人家求还求不来呢，可你却硬要撵它们走……"

妈妈絮絮叨叨地骂着，我自知理亏，虽然屁股上像着了火一样疼，但我硬咬住牙不吱声。这样过了一刻钟的样子，那对心地宽厚的燕子，终于停止了叫声，不声不响地飞走了。妈妈望着它们飞去的背影，喃喃地说："原谅我的孩子吧，他实在是太小不懂事啊。"

我终于哭了。我悔恨，我内疚，我觉得实在对不起那对小燕子。我想它们再也不会回来了。夜里，我梦见那对小燕子变成了一对年轻夫妇，悄悄地来到我的身边，轻声地说："记住孩子，在这个世界上，无论人还是鸟，都有生的权利和存在的地盘，不要伤害别人，这是做人的根本。"

第二天，我起得很晚，妈妈在睡梦中把我唤醒："柱子，快起来，小燕子又飞来了。"

听了这话，比过生日吃长寿面和荷包蛋还要高兴。我"骨碌"爬了起来，三脚两步蹿到外屋，一看，那对感情笃厚的小燕子，又双双衔来泥土和草棍，开始重新筑巢了，而且，比以前干得还欢实。好像它们懂得，筑完巢就得生育后代，到秋天时，好把这些孩儿们带到南方去过冬，节气不饶人，它们必须争分夺秒，把失去的时间抢回来。我看它们不吃不喝、忙碌不停的样子，实在心疼，就把小米和水放在一只小碗里，爬着梯子送到大柁上，叫它们累了好吃一口。不料妈妈知道后，又狠狠地数落了我一顿："傻小子，你真是四六不懂，那燕子是益鸟，根本不吃地上的食，专吃在空中飞着的害虫。今年夏天咱们家之所以没挂蚊帐，就是因为有这对紫燕，是它们出出进进，把蚊子全给吃了。"

是的，那年夏天，我们确实没挂蚊帐，也没感到有蚊子咬，这是小燕给带来的福祉。从此，我对燕子更加喜爱了。我每天起得很早，想给它们开门，让它们快去衔泥做窝。然而，我每次开门，也不见燕子飞出。后来妈妈告诉我，自从那窝被我捅掉以后，为了加快盖“屋”进度，每天刚蒙蒙亮，燕子们就开始干活。叫得妈妈没法儿，就在堂屋的窗户上开了一个大的窗眼，它们就从那里飞进飞出。想到这些勤劳的燕子，我再也不睡懒觉了。我也要早早地起来，坚持给它们开门，不能再让燕子钻窗户。然后，再像勤劳的燕子那样，帮妈妈扫院子，干零活儿。

炎热的夏天快过去了，燕儿们终于起早贪晚地搭好了窝。我见那“小两口”又蹲在院里的电线上，用小喙梳理着湿透的羽毛，互相长久地望着，好像在窃窃地交谈：“我们的新房盖好了，快美美地睡上几天吧。”这以后，我家的紫燕，虽然比别人家的燕子晚产一个多月，但也终于孵出了小燕，一共有四只。每天，它们不是像其他燕子那样，父母双双都去外边为小燕觅食，而是互相倒换着班，总有一只燕子留在窝里，没遍数地用小嘴儿为雏燕梳理羽毛。这样过了一段时间，奇迹出现了：这四只摇摇晃晃的小燕，在父母的带领下，也开始磕磕碰碰地飞出去“放风”了。它们在地上连飞带走，就像娃娃开始学步那样，试探着，刚要展翅，就栽了一个大跟头，然后继续练。

秋风凉了，那些在北方消夏的候鸟开始南飞了。村上所有分散在各家做巢的紫燕，也都陆续离去。只有我家的那对燕子没有走，继续带着儿女们在加紧练习。我望着雏燕艰难学步的样子，真想哭，眼看就要下霜了，怕是回不去了吧……

在焦急的等待中，又过了一些日子，一天早晨，两只紫燕带着四只羽毛逐渐丰满的雏燕，在高空中飞翔了一阵儿，然后一溜排开，全落在电线上，互相不停地啁啾着，一遍又一遍地梳理着自己的羽毛。接着一只大燕在头，另一只在后，中间夹着四只小崽，在院子里盘旋了两圈，像是在告别，像是在问候，唰的一声，向南方飞去了，从此，再也没见它们回来。妈妈说，这次是飞回南方过冬去了，要等明年春天才能回来。

“再来时，还能认得出咱们这个家吗？”我红着眼问。

母亲见我要哭的样子，慈爱地拍拍我的肩头说：“放心吧孩子，燕子记性最好，更不会记仇，它们到明年会回来的。”可我还是不放心，生怕那四只雏燕飞不过江，越不过海。因为它们晚生了一个月，才长好羽毛，那么稚嫩的身躯，能与风浪搏斗吗？如果它们万一飞不到，那可全是我的过错，我真对不起它们啊……

这年秋天，我随哥哥到城里上学了，从此再也没有回老家去过。可那对燕子却深深地印在我的记忆里。我给予它们的只是伤害和痛苦，而它们却教给我许多做人的道理，使我懂得了宽容，懂得了怎样去拼搏奋斗，使生活更美好。我多么想再回到童年那个老家里，早早地打开门，为小燕搭窝做点什么，以弥补我过错中的万一啊。

原载《长城》1987 年第二期

绿色吟

这是一本用绿叶订成的小集。那篇篇文字，行行墨迹，凝聚着的是我对绿叶的赞美。

我常常这样反思：假如这个世界没有绿叶，宇宙将变得异常苍白，陆地将成为一片沙海，生命将会永远消失，人类也将成为遥远的历史记载……

因此，绿叶是真正孕育生命的摇篮，是一切活力的源泉。世上因为有了绿叶，才有了森林，有了绿叶，才有了现在生存着的一切。所以，我深深地挚爱着这些象征着生命光彩的绿叶，但也更爱那些用心血乃至生命去创造绿叶的人，是他们使大地不断出现新绿，使世界充满了美好的希冀，使宇宙出现了勃勃的生机。

我相信，每个人都极渴望在自己的周围，有一片碧绿的芳草，有一块艳丽的花地，有一丛茂盛的芦苇。用那绿茵、鲜花，给人以美的享受和生活的甜蜜。这种爱绿之心，是人人都有的。但是，当你一旦真的得到一块芳草、一寸绿茵时，请千万莫要忘记，那些为大地泼洒绿色的人。是他们把一生中最好的年华，甚至整个生命，都在为你、为我，也为这个世界创造着绿叶，他们是最可尊敬的绿色播种人……

盛夏时，我曾在一片密林里，见到过一位头蒙面纱的“怪人”。看不清他的面孔，也听不到他说话的声音，只有嘴巴上的纱布在微微颤动。像是行踪无迹的“佐罗”侠士，又似人们描述过的神农架“野人”。经过一再询问，才知道他就是这片绿色的主人。他早年毕业于东北林学院，已在这荒凉的塞上，整整工作了 25 年。他负责森林抚育，常年吃住在深山老林。因为这里的蚊虫太多，露水又大，每天只好戴着纱布做的面罩，穿着雨衣出发，又闷又热，浑身上下到处都起了红疙瘩，不时地在淌着脓水。

他家住在一座风景秀丽的海滨城市，上大学时，曾有一位聪明美丽的恋人。就因为他执意要去条件最为艰苦的高寒地区搞绿化，姑娘才不得不和他分道扬镳。结果，他只身一人，担着党的重托，背着失恋的痛苦，孤零零地来到当时还渺无人烟的坝上草原，开始育苗造林，酿造绿色。直到快 30 岁时，才与当地一位文化水平不高的农村姑娘结了婚，生儿育女，在这里扎下了根。

在零下 43 摄氏度的严冬，我到一个高山望火楼去访问。这里只有一对小青年，他们已经有五个多月没有下山了。冬天没有水，只好从落叶松林里扒雪吃。那污浊的雪水，发着一股令人作呕的松脂味，不要说吃，光是嗅一下，就把人呛得头昏脑涨，可他们每天就用这样的雪水做饭吃。没有电视，没有收音机，更不要说有什么歌声和“迪斯科”了。他们与“人间”的唯一联系，就是那部电话机。他们就是这样在为保护绿色，做着宝贵的贡献。

在巍峨的古长城上，我见到一群修建绿色长城的娘子军。她们是滦平县三八林场的姐妹们。为了绿化长城，40 多名姑娘来到荒山上扎营。吃的是窝窝头就咸菜，住的是四面透风的草窝棚。细嫩的手脸冻裂了，新买的羽绒服，也很快都磨出了大窟窿。可她们毫无怨言，每天坚持挖山不止，一年又一年，如今已坚持了十多个年头。由她们亲手栽植的油松树，已成为一道绿色的长龙，沿着古长城蜿蜒地向东奔去。可她们却为此牺牲了大好的青春年华，甚至是宝贵的爱情。有一位姑娘因为绿化长城不下山，一连坚持八年，因而错过了找朋友谈恋爱的极好时间，直到 28 岁还没有成亲……

这些平凡而又伟大的形象，时时都在撩拨着我的心。我觉得这些林业工作者生活最苦，奉献最多。他们个个都是描春手和绿色工程师，整天蘸着生命的汗水，在泼洒绿色，装点江山，使祖国大地不断变成新绿。这是何等豪迈而又值得歌颂的伟业啊！现在，是我们的作家、诗人、艺术家走向森林，去热情讴歌绿叶的时候了。只有这样，才能呼唤更多的人，去开创一个无比美好的绿色新时代……

选入《绿的呼唤》中国林业出版社 1987 年版

青山恋

我爱林区，那里有一片使我痴迷的土地，那里奔腾着一条激发我灵感的涓涓小溪。

每逢我感到文思枯竭时，每逢我感到无奈和惆怅时，我都迫不及待地朝林区跑。那丛丛的绿树，那茸茸的嫩草，那鲜丽的野花，那百鸟的啁啾，仿佛是我一生中所见到的最美的诗，最好的画，最浓的酒。我躺在绿草丛中，像是依偎在母亲的胸膛，是那么惬意和恬畅。看白云悠悠，听林涛作响，我感到生命的充实，心灵的自由，人生的坦荡。

我写出的作品，大都是讴歌绿色的。我不但写文学作品，还写林业方面的新闻，几年来，我在《人民日报》上发表了许多有关林业的报道和通讯。那篇篇文字，行行墨迹，凝聚着的是我对绿叶的呼唤和赞美……

事实证明，一个民族如果不注重绿化，那就等于在进行慢性自杀。现在，市场上到处都是塑料制品，从花鸟鱼虫，到假山假松。一方面我们在无情地掠夺和破坏生态环境，另一方面我们又在制造着虚假的自然，这是人类的自我嘲弄和讽刺。因为人们远离了自然，才不得不用这些塑料制品把玩，以寄托他们对大自然的渴望和怀念。

这是一个严酷的事实。这是我们这一代人必须解决的难题。正如 1972 年在斯德哥尔摩发表的《联合国人类环境宣言》中所说的那样：“现在已达到历史上这样一个时刻，我们在决定在世界各地的行动时，必须更加审慎地考虑他们对环境的后果。由于无知和不关心，我们可能给我们的生活和幸福所依靠的地球环境造成巨大的无法挽回的损失。”

为此，一些有识之士正在奔走呼号，决心要改变现状，肩负起时代的重任，重新使我们生活着的这片国土变成遍地绿荫。生态环境，已成为人类生存和发展的必要条件，越来越多的人开始关心生态平衡问题。基于这种认识，我自甘寂寞，独辟蹊径，深入林区，从事绿色散文创作。从 1981 年在《人民日报》上发表的第一篇绿色散文《九女山》至现在，已写出林业题材的散文、报告文学近百篇。我深知这些作品还很不成熟，远未能写出林业工作者们的真实风貌，但我毕竟做了点追求和尝试。我深深地感到林业是一片鲜为人知的创作沃土，是一个尚未被更多作家光顾和耕耘的处女地。这次承蒙百花文艺出版社的厚爱和著名编辑家范希文先生的支持和帮助，使我得以出版这本迄今为止第一次冠以“绿色散文”的选集，并以此抛砖引玉，希望更多的作家、艺术家投身于绿色文学的创作。

选入《刘芳绿色散文选》百花文艺出版社 1993 年版

木兰围场行

围趣

从避暑山庄乘车北上，行不到两小时，便进入围场县境内，忽见两座险峰，对峙高耸，如同两扇铁门，把住关隘。在两峰的崖脚下，耸立着一座清朝建的《木兰记》碑，上面写着“木兰者，我朝习猎地也”。出了这道山门（东庙宫），就是闻名遐迩的木兰围场了。远眺关山漠野，蓝天如碧，绿草如茵，牛羊遍地，如花似锦，眼前呈现一派“霜凝肥草净无尘，处处泉源漾碧津”的景象。

木兰围场，总面积有10400平方公里，共分72围，每围都用柳条或木栅栏圈起，称为“柳条边”。我们这次游的是岳乐围。公社主任是位老猎手，他先领我们到月亮湾沟，去看乾隆打虎的遗迹。这条峡谷幽静深邃。路旁，有许多石柱，像仙女一样亭亭玉立。每根石柱的顶端，都飘洒着一缕如丝如绢的瀑布，就跟仙女的长发一样好看。在“石林”的右侧，突兀着一座孤峰，直指苍穹。峰上有一石洞，老主任说，这就是乾隆射虎的地方。在对面的山坡上，还立着一通石碑，详细记载着乾隆打虎的经过。

天将傍晚，我们往回走，老主任一边走，一边不住地东瞧西看，刚要下谷，见山坡的草根下，有几只野鸡在迅跑。他连忙把背上的火枪端在手上，但总是瞄准而不放，急得我们都呼叫起来："快打呀！"谁知，这时他却捡起一块石头，猛地向前砸去，惊得野鸡扑棱着翅膀，"呱呱呱"地飞起。还没等我们看清，就听"砰"的一声，飞起几根羽毛，一回头，老主任从地上把一只足有三斤多重的大野鸡拎了起来。我们又向前走出不远，从路旁的草窝里又跳出一只野兔来。我们立刻放下野鸡，呼喊着向野兔追去。

这时，老主任却急忙把我们叫住，领着我们迅速爬上山冈，然后一齐呐喊，那只受惊的野兔，从山顶朝下跑。因为它的后腿长，下坡跑不快，不一会儿，就被我们活活地逮住了

大家一看连获两件猎物，连声称赞老主任打猎有方。他也高兴地说："打猎要靠门道，野鸡在地上跑时目标小，最好打'飞'；兔子腿长，要从山顶朝下追；羚羊喜风口，多是迎风站砬头；狍子最傻，总是跑山梁，每要过岗时，非要回头看一下，这时开枪，铁准一枪一个。"晚上，我们喝着老主任为我们准备的好酒，就着打来的野味，又说又笑，好不快哉！

鹿鸣

第二天，我们紧赶慢赶，车到达唤起林场时，已是夜深人静，新月满山了。那稀疏的村舍、茂密的森林、星星的灯火、夜牧的马群，浸在银白的月色中，是那么静谧而又迷离。适逢这样的良辰美景，实在难以入睡，就悄悄地爬起身来，去观赏山中的明月。刚走出住所小院，就听北山上"哟——"的一声，而且那声音，越叫越响。

"好听吧？"陈场长向我走来。

我问："这是什么声音？"他眨了眨眼，笑着回答说："你没读过康熙

的‘鹿鸣秋草盛，人喜菊花香’的诗吗？这就是鹿鸣声呀！”

“噢，这鹿鸣声倒很动听呢！”

他点了点头说：“养了一辈子鹿了，就是听不够鹿叫声。等一会儿，当家鹿和野鹿一齐呼叫时，那比开音乐会还热闹呢。”说着，鹿鸣声真的四起，就像青蛙聚会那样，此起彼伏，声声震耳。南山叫，北山应，像对情歌似的，一唱一和，情真意切，十分动人！老陈低声地对我说：“这鹿也通人性，一到发情季节，它们选偶的方法，也是对唱定情的。”他支棱着耳朵听了一会儿，又说，“那山上叫的是公鹿，母鹿在圈里对应，越叫越喜欢，等到后来，那胆小的公鹿，架不住亲人的呼唤，趁夜深人静之时，就偷偷地跑下山来，跳进鹿圈，与母鹿幽会。第二天赶都赶不走呢。”

我想，这鹿是多么有感情的生灵呀！我知道，鹿吃的不是草，而是枝柴，而它的全身却都是宝，包括鹿茸、鹿角、鹿血等都献给了人类。

老场长仿佛看透了我的心思，深情地说：“鹿是世界上最温驯善良的益兽之一，它需求的甚少，贡献却很大呀！”这时，喧闹的鹿鸣声，开始停息下来，也许，它们正在和亲人幽会吧？

花地

第三天，我们驱车坝上，想不到这个远离京城的塞上高原，一路上竟是一个万花荟萃、璀璨艳丽的卉海花地……

这片花地，叫塞罕坝，蒙语就是鲜花的意思。它是木兰围场几个边围所在地，地处阴山、燕山和兴安岭交界的地方。凡是东北、华北和内蒙古有的花，这里都有。放眼望去，那嫩黄欲滴的金莲花、虞美人；洁白如雪的野芍药、风铃草；猩红的柳兰和紫菀花……千枝竞秀，各放异彩，把偌大的草原，织染成一片锦绣！这里的花，很奇特。它们天然自成，毫无人工雕琢的痕迹，即使是一株被踩在地上的无名小草，也都昂着头，从繁花的枝缝间，闪露出一点红来。

最令人惊异的是，那一丛丛灌木树，也结的全是花。老远一看，像是落了一地花蝴蝶，赶到跟前一看，竟是一簇簇开得正浓的花树，原来这叫“八仙花”。

看着这些绝美的奇葩，喜得我心头直发颤，恨不得马上就跳进这个无边的花海，痛痛快快洗一个花露澡呢。在中途停车休息时，我再也抑制不住内心的喜悦，我真的躺在花丛之中，打了一个滚儿，惹得大家一阵好笑。待我站起身时，忽见几只小蜜蜂飞来，嗡嗡地围住我叫个不停。这下，同伴们笑得更欢了。我赶紧一瞧，浑身上下，早已沾了一身花粉儿，沾了一身香；难怪连小蜜蜂也误认为我是花儿了……

陪同我们的县草原工作站的老谭，见我对花儿这样喜爱，感叹地对我说：“花儿虽好，只是开得太短。坝上 6 月还在下雪，8 月又降霜了，无霜期只有 23 天。”

他一说，我们全怔住了，想不到这些热烈而又奔放的花卉，却只有十几天的花期。它们憋足一年的气力，为的就是在这短暂的几天中，把自己最美的颜色，最馥郁的花香，慷慨无私地奉献给人间，然后就悄然地离去，这难道不是一种崇高的献身精神吗？是啊，假如我们每个人，都能在短促的一生中，把最大的光和热都献给人民，那将会给美丽的祖国增添多少光彩啊！

林海

才要走出“花地”，又有一片新绿扑入眼底：山绿了，水绿了，就连空中飞翔的鸟和飘拂的云，也都抹上了一层清幽幽的绿意。举目远眺，只见莽莽苍苍，像有无边的绿浪，正在铺天盖地般地涌来，没有尽头。

我平生第一次看到这样浩瀚无垠的林海。那婆娑多姿的落叶松，貌如高塔的云杉树，秀美挺拔的钻天杨，拥拥簇簇，像仪仗队似的排列两旁；那啁啾鸣啭的鹦鹉、画眉和百灵鸟，组成小小的欢迎乐队，不住声地对你高声歌唱；那些娇美欲滴的鲜花和野草，织成一幅幅美丽的花地毯，人走在上面，比海绵还要柔软；从枝叶间洒下来的缕缕阳光，斑斑驳驳，像飞金落玉般地洒在你的双肩；那凉津津的朝露和迷人的香馨，醉得你如同喝了陈年的老酒……我几乎忘了自己的存在，只感到大自然的胸怀是那样博大和厚爱。

陪我来的老杨，拉着我的衣袖说："这里有150多万亩人工林，就是坐汽车，十天半月也跑不完。"然后，他指了指眼前的一座青山说，"那就是当年康熙的点将台。"

一路上，他告诉我，过去这一带是闻名中外的古战场，康熙大败准噶尔部首领噶尔丹的"乌兰布通之战"，就发生在这个地方。

正说着，点将台已经到了。老杨说，这就是当年康熙出征点将的地方。登上高峰远望，只见远天一色，碧绿如洗。层层叠叠的绿浪，如万顷波涛卷地而来，发出一种似雪浪拍岸的哗哗响声，实在是豪放极了。

我观过北戴河的奔腾渤海；也看过峨眉金顶的滔滔云海，但都没有像坝上林海这样使人奋发向上，感到人定胜天的伟大力量！这片林海，是由塞罕坝机械林场的工人和技术人员，靠自己的双手创造的。早在20世纪60年代初期，党和国家为了改善京津地区的气候条件，减少风沙灾害，生产更多的木材，决定在坝上建一座全国最大的人工林场。广大干部工人冒着零下四十多摄氏度的严寒，风餐露宿，经过20多年的艰苦奋斗，终于使这片黄沙迷漫的古战场，变成今天这样一座郁郁葱葱的大林区。

最近，中央一位首长来这里视察，赞不绝口，他号召全国的诗人作家、青年朋友到坝上来观光，用自己的笔，讴歌这秀丽无比的塞罕坝……

原载1983年《旅行家》第六期

绿色的召唤

这些年，我一直生活在林区。那里有一片使我痴迷的土地；那里奔腾着一条激发我灵感的小溪。

在我家居住的北部，有一个塞罕坝机械林场，那莽莽苍苍的大森林，酿出了无边无际的绿海，诱惑得我常常走进那梦幻般的沉醉。我不但春天去，夏天去，就是大雪封山的严冬，我也去。

我把林区作为自己的创作源泉，从哪里汲取生活的营养，鼓起创作的风帆。我膨胀着激情，生发着憧憬，在绿色的海洋中驰骋。

我的视野渐渐地扩大了，我从广袤无垠的坝上林场，开始走向遥远的边疆；从首都绿化工地，一直走进“三北”防护林的更大林区。有人说作家的作品是写出来的，而我的作品是走出来的，脚板子底下出文章。从1986年底到现在，我已出版了四本散文集，其中有两本书，即《绿的呼唤》与《绿染京华》就是专为林业而写的。其余的两本，也大都以林业为主题。人们称我为“绿色文学作家”，《人民日报》《文艺报》《河北日报》《博览群书》《文论月刊》等都发了评论。

绿色，是生命的摇篮。如果我们的祖先不是从绿色中“食鸟兽之肉、采树木之果”和“钻木取火”“构木为巢”，就绝不会有今天的人类。

然而，我们又是一群不孝的子孙，只顾吸吮，从不想如何报答母亲。这个曾经孕育过伟大民族和灿烂文化的中华大地，过去曾是一片绿草茵茵，遍地森林的绿色世界，由于我们不知节制地繁衍人口和滥加砍伐，如今有的地方已变成赤地一片。现在我国的森林面积和蓄积量分别为世界人均水平的18%和13%。由于森林大量被破坏，全国水灾旱灾发生面积比中华人民共和国成立初期增长了65%。长江、黄河这两条中国的大动脉正在流血。目前我国土地正以每年1500万亩的速度不断地沙化和退化。

我在沽源县白土窑乡采访时，在一望无际的荒野中忽然出现一棵老榆树，树杈上有许多点心之类的供品，是人们来这里祭祀时留下的。它被视为一棵神树，自从人们发现它以后，便奔走相告，说这里有风水，纷纷前来定居。住在小树东边的居民，抢先起名叫“东一棵”，住在小树西边的人就叫“西一棵”，小树把这里分成了两个村。可见，在这里要长一棵树，有多么新奇和重要。

围场县三义永村57岁的老农民董庆和，看到本村年年被水冲的凄惨景象，领着老伴上了山。在野岭上挖了一个洞，老两口就穴居在地洞里，每天挖山不止，植下了落叶松3000多棵，几年工夫就成了一片大森林。附近的国营林场几次找他，想出现金十万多元买下这片树林，可他硬是不卖。他说他造林不是为了钱，而是为了绿化荒山。他要把这块林子交给国家，留给后代。

国家兴亡，匹夫有责。绿化大地，是人类的大事。一个普普通通的山野村夫，尚且知道如何为后代留下一点绿色，难道我们这些经过党多年培养的国家干部、作家，还不能把绿化祖国作为己任吗？一种强烈的责任感、使命感，像一股巨大的动力，在激励着我去讴歌绿色！我由衷地感谢生活，若不是我的思想与生活发生激烈的撞击，是绝不会产生这种深切的体会和为绿色而高歌的强大动力的。

在深入林区生活中，我还感到，林业，是迄今为止我所见到的最苦的一个行业。他们整天与世隔绝，风餐露宿，与大山为伍。他们享受不到当代青年那种追求新潮、讲究享受的生活，有的只是默默无闻的奉献与追求。

在塞罕坝机械林场小住时，我曾冒着大雪走进作业区的伐木工人小屋。他们每天在零下四十摄氏度的奇寒中外出作业，把砍下的木头顺山坡上的冰道溜下来。小伙子们扛着一二百斤的湿木头，登上高坡，没走几步便浑身是汗，然后经风一吹，马上就冻成冰。所以，老远就能听到伐木工人走路时的哗哗响声。如果用棍子在他们背上敲打，就会像打鼓一样发出咚咚的响声。他们一天只吃两顿饭，下午四点多钟才回家。当你走进他们低矮的伐木者小屋时，那副醒目的对联儿，立时使你怦然心动："一日两餐有味无味无所谓，爬冰卧雪苦乎累乎不在乎。"这就是伐木者的胸怀，他们的心灵是多么的美丽和高尚！

在山西保德我走访过"野人"张侯拉。他抛下妻室儿女，离群索居，到全县最荒僻的九塔山上植树造林，然后把全部的绿树都毫无代价地交给国家，直到87岁的高龄仍在造林不止。

他从18岁开始栽树，一直栽到87岁。他在九塔山上载种的300多亩幼树全部成活，郁郁葱葱地绿了一座山，飘起一片云。他一生没有任何遗憾，从小就按着自己的意愿一步一个脚印地去奋斗、去追求，即使在人世间角逐、相互争斗的动乱年代，他也没有白白地度过，每天都生活在大自然里。

这是我见到的一位真正把利禄功名视为身外之物的贤者，是我们的民族和人民引以为荣的精英。当你亲眼目睹了这些先进人物的英雄事迹时，你能不为之感动和自豪吗？你的思想能不得到净化和提高吗？早在50多年前，毛主席《在延安文艺座谈会上的讲话》中，就已谆谆告诫我们："一切革命的文学艺术家只有联系群众，表现群众，把自己当作群众的忠实代言人，他们的工作才有意义。"我们的文艺应当为千千万万劳动人民服务。作为一个文艺工作者，不歌颂这些英雄，还能歌颂谁呢？这许许多多的先进人物，深深地牢记在我的心中，给我鼓舞，给我力量，促使我多做点好事。这就是林业战线上的广大干部和工人对我的教育和感化，我由衷地敬佩他们，决心要尽自己的绵薄之力去书写他们。

原载 1992 年 6 月 4 日《文学报》

塞上鹿场

初到坝上，一路疲劳还没有抖净，一清早，我就跑出去看大草原了。这里的春小麦正在拔节，闪闪地像珍珠一样发着光亮。

我正在贪婪地欣赏着这大好的春色，蓦地，一只非常好看的梅花鹿，“腾”一下子从附近的河柳丛中跳到我的面前。它伸着头，警惕地滚动着两只小圆眼珠望着我，那两棵像小树枝一样的鹿茸角，长在高高扬起的鹿头上，活像好客的草原人擎起一把干枝梅，在迎接远方来的客人。

鹿，我见过多次，在电影上，在画册上，在公园里，但在野外看鹿，这还是第一次。看着看着，我不禁大声惊叫起来：“鹿！快来捉鹿啊！”听到我的喊声，那鹿“哧溜”一下子跑了。

“咯咯咯！”一串银铃般的笑声，使我惊醒过来，回头一望，一个俊俏的姑娘，挽着被露水打湿的裤脚，一手抱着一捆青稞，一手拿着把锋快的镰刀，站在我的面前。

“同志，你是第一次上坝吧？”她不等我回答她的问话，接着又说，“怪不得看啥都觉得新鲜呢。”

“你看鹿好玩吗？来，叫你看个够！”说罢，她把那捆青稞朝地上一放，掏出口哨，只听“呜呜”地一叫，忽拉一下子，从柳树丛中，立刻奔出二三十只梅花鹿来。啊，在这灌木林里，原来还埋伏着千军万马呀。我被这突如其来的场面惊呆了。一只只聪敏的梅花鹿，头顶着把把梅枝（即鹿茸）在欢跳着。那姑娘，一边叫，一边把新割来的青稞，撒给它们吃。

这姑娘有 20 多岁，红扑扑的面容，一双水灵灵的大眼睛，闪耀着聪慧的光芒。我知道，坝上人最心直口快，不用介绍，我就同她搭起话来：“你叫啥名字？”

“艾鹿娃。”

“咦？好乖巧的名字！”

她扬起头，看了看我那惊疑的样子，“扑哧”一下子笑了：“这有啥可大惊小怪的，我从小就喜欢鹿，家在天津时，天天吵着爸爸妈妈到公园去看鹿，有时做梦说话还喊鹿呢。后来，我爸爸说咱们家姓艾，干脆就叫艾鹿娃好了。”

“你现在家在哪儿？”

“在这，就在这养鹿场。”她看我好像不明白她的意思，又解释说，“我是天津来的知识青年，没承想一到坝上，就和鹿交上了朋友。接着，她向我谈了她当养鹿工的事。”她说，“我一提出要养鹿，反对的人可不少哪！”有的说鹿好“撒气”，弄不好不是被撞就是挨刨；姑娘家养不了鹿。还有的说鹿是神兽，姑娘养鹿不发旺，可我就是不听邪，偏要养鹿，在党支部的支持下我终于当上了养鹿工。

我接过她的话茬问道：“这回整天和鹿在一块，不再想鹿了吧？”她不以为然地说：“想，并且想得更甚。”她蹲下身，一边用手抚摩着身旁的小鹿，一边又说“过去睡觉做梦想它们，现在连端饭碗的工夫，也惦记着它们呢。”去年回家过春节，我惦记着这群活物，饭吃不香，觉睡不好，刚过正月初一，我就背起背包颠回来了。我妈追出门外，手指着我的脊背，气呼呼地说，“疯丫头啊，她可真成一个爱鹿娃了”。

我完全被这年轻人的高度责任心所感动了。

我问她："你驯过鹿吗？"

她说她师傅张爷爷是个老驯鹿工，接着她又给我讲了很多驯鹿的故事。有一次，那只大母鹿跑了，几个人找了一天，也没见个影儿，后来张爷爷说，不用找了，夜间它自己会回来。我问他咋知道的，张爷爷说，这两天夜里狗总是叫，一定是母鹿回来想进圈。夜里，我和张爷爷去看圈门，张爷爷先把狗圈起来，等到半夜里，悄悄地把鹿圈的圈门打开，不一会儿，那只老母鹿，领着一只带角的公鹿噌噌地钻进鹿圈里去了。

"你们这里野鹿多吗？"

"可多了，特别是母鹿发情期，那野鹿成群地站在离鹿圈不远的山头上叫唤。""你们场也捕鹿吗？""咋不捕呢，年年都有计划地捕一些。"说话间，鹿已经跑远了，我们紧撵几步，又追上了鹿群。眼前，是一片葱绿的桦树林，那姑娘灵巧得像松鼠一样，很快爬上一棵光滑的老桦树，用锋利的镰刀，"唰唰"很快砍下一堆枝柴来。她下了树又对我说："张爷爷告诉我们，产茸的季节快到了，现在正需要加强饲养，鹿爱吃桦树叶，白天放饱了，晚上再用这些树叶给它们加顿食，这样鹿茸就长得更快了。"

她一边捆绑着枝柴，一边抹着汗水，她说小时爱鹿，是因为它好看，逗人喜欢；现在爱鹿，是因为养鹿对国家对人民有好处。这鹿全身都是宝，鹿茸、鹿胎、鹿鞭、鹿心、鹿血，都是滋补人身体的珍贵药品。过去都说东北有三宝——人参、鹿茸、靰粒草，如今这鹿茸到处都能出产，特别是党的政策好，山区发生了深刻变化，光承德地区的鹿场就有几十个，不但有国营的，集体的，连山里的农民也都办起了鹿场。

说到这儿，她忽然站住了，回过头对我说："你看，前边就是我们的鹿场。"我顺着她手指的方向望去，只见林海深处露出一座红瓦砖墙的小楼，像是一艘新颖别致的小船，停靠在岸边。看到这情景，不知为啥，我的心头猛地一颤，忽然想到这位从大城市里来的养鹿工，多么像一个强悍的舵手，正在驾驶着生命的小船，在生活的海洋里勇敢地驰骋呀！

选入《黎雀声声》华山文艺出版社 1986 年版

绿色的报告

1990 年的冬季，河北省开展了一次对各级领导班子进行全面考察的活动。一天，在省会石家庄市石邑路一座拥有 13 个省直单位的大楼里，河北省新任省长和副省长、秘书长等 14 人，在二楼的会议室里聚精会神地听取一位厅长的汇报。

这是对述职者的实绩、才能和任职资格的一次集体考核。会场的气氛热烈而宽松。一个人正在接受省委、省政府这些“大法官”们的严格的考核。

他，细高的身材，明亮的大眼，随着一支接一支香烟的点燃，侃侃而谈，从上午 8 点半一直谈到中午 12 点，从河北林业的起步、发展，一直谈到绿色的明天。这时，一言未发的省长终于开怀地笑了。他听了省直数十个厅局单位的汇报，似乎唯有这位厅长的发言才最为满意。他高兴地说：“听了汇报以后，我感觉到林业厅的工作指导思想比较明确；工作思路比较清楚；工作重点比较突出；目标管理过得硬；工作作风比较扎实有效。”这五点几乎全是肯定和称赞。这位受到省领导青睐和赞许的中年干部，就是河北省林业厅厅长李兴源。

他交了一份很好的答卷。通过国际公认的森林资源连续清查方法的测算，河北省的森林覆盖率，已由1988年的10.71%上升到1991年的13.22%。三年增长了2.5个百分点，年均增长0.83，是全国同期增长率的5.97倍。加上灌木及“四旁”林木，森林覆盖率已达15%。有林地面积也由1988年的3016万亩，增加到1991年的3720万亩，三年有林地面积的增长量，几乎是全国同期增长量的九分之一。经林业部组织专家调查京津周围的森林覆盖率（含灌木）已由1988年的15.33%增加到1991年的18.73%，大大改善了京津两市的气候环境。据北京西郊观象台对风沙日数的观测统计，其扬沙日、浮尘日和沙尘暴日分别由“六五”期间的年均14天，8天、5天和0.8天，下降到“七五”期间的8天、2.5天和0.5天，减少率分别为45.9%、50%和37.5%。上述风沙合计，由“六五”期间的年均20.6天，下降到“七五”期间的年均11天，减少率为46.6%。

这一组组数字，像一朵朵灿烂的花朵，为他的汇报增添了夺目的光彩。他是怎样在这短短的时间内写出了这份令人瞩目的绿色报告的呢？

一幅具有河北特色的绿化图

1983年4月，一封加急电报，催他风风火火地从坝上林区赶到石家庄。一位省政府领导紧紧地握住他的手说：“河北地处京津周围，发展林业有着特殊的意义。把林业厅厅长这个重任交给你，是对你的最大信任，千万不要辜负党和人民的希望啊……”

语重心长的话语，像是声声春雷，震撼着他的心扉。这生活的反差，来得太突然了。一个曾经被压抑多年，甚或一度被视为“囚徒”的人，现在成为一个平原大省的林业厅厅长，是梦中的虚幻还是杜撰的神话？他感到有些困惑和茫然。他扪心自问：“我能担此重任吗？”当他一遇到老人那双渴求的目光时，便坦然和坚定了。这不是虚幻和神话，而是改革开放的现实。“党培养我这么多年，现在需要我出力时，怎么能退却呢”？他想起了塞罕坝上那间破烂的小屋。那时，他正以“反动学术权威”和“右派”的罪名，受到造反派们专政。造反派找来一位无赖当“看管”。晚上，这个看管一边喝着烈酒，一边对李兴源进行批斗。喝得忘形时竟脱光了衣服，叫李兴源捉虱子。在那样非人待遇的年月里，李兴源的绿色追求也从未泯灭。当看管鼾声如雷时，他悄悄地走出房门，在附近的山坡上开出一块地，继续他的育苗实验。

李兴源从小喜欢绿色，尔后他发奋读书，考入东北林业学院，毕业后分配到坝上林场，一干就是20年。“现在，党要我发挥作用，把林业搞上去，不正是自己的愿望和追求的拓展和延伸吗？”他很快就走马上任了。这是个陌生的单位，他什么也没说，只想起山里人最爱说的一句话：“喊破嗓子不如做出样子。”他离开了小小的林场，开始步入更大的山乡，走太行，进燕山，访河北大平原。严冬腊月，登上了坝上大唤起梁。纵目远眺，在“一派北国风光”的雪原中，只有坝上林场是一片葱茏。挺拔玉立的樟子松和云杉树，任凭风吹雪压，全都昂着头，岿然不动。既然承德坝上能建这一百万多亩好的林场，为什么其他地方如张家口的坝上就不能建起大森林呢？一定要改变这种现状，要让千里赤地都长出绿色来，使一向缺林少木的河北，到处都有用材林基地。

在迁安县考察时，正赶上下大雨，时不我待，他不顾人们的劝阻，冒着大雨上山了。当看到树树压满枝头的板栗时，他高兴地想道，“应该把林业当成企业来办，动员人们像抓乡镇企业那样抓林业，通过发展和扩大经济效益，促进和提高生态效益”。脚板子底下出办法、出文章、出经验。通过对全省近百个县的山区和平原调查，他掌握了大量的第一手资料，于是，一张符合河北林业特色的发展蓝图，朦朦胧胧地在他脑海中形成了。接着，他便组织专家多次地论证、研究和探讨河北林业的历史和现状，以及今后发展的出路。

据史料记载，历史上河北的林业曾遭受过三次大破坏。第一次是从战国时期到秦统一中国以后，由于连年战争和连缀长城，森林遭到大规模的破坏；第二次是辽、金、元时期，由于战乱频繁，河北的山林又受到一次浩劫；第三次是明朝中叶以后，经清朝、国民党政府和日本侵略，森林破坏的程度更加厉害。到 1949 年，河北省的森林覆盖率只有 3.4%。新中国成立后虽有恢复和发展，但到 1984 年全省森林覆盖率也不到 10%。每人平均占有森林面积只有全国人均的 1/3，世界人均的 1/20，人均占有森林蓄积量，只相当于全国人均的 1/12，世界人均的 1/48。而且森林分布不均，承德地区的森林面积就占全省的 49.9%，森林蓄积量占全省的 66.1%。先民们不知节制地乱砍滥伐，招致了大自然的最严重的惩罚；先辈们欠下的债，别无选择地落到我们这一代人肩上。

怎样选择一条多快好省地发展河北林业的新路子呢？他在苦苦思索和追求着。经过大量的调查和论证，经过认真的总结历史的教训和经验，他提出了：深化改革，发展优势，突出效益。把发展林业与发展地方经济，建设林果特产基地和农民的脱贫致富结合起来，更好地为经济建设服务。根据这一指导思想，他对全省林业建设重新调整了规划和布局。在宏观上建成四个体系，即“三北”和首都周围防护林体系，沿海防护林体系，太行山防护林体系，平原农田防护林体系。在微观上，要建成三个基地，即用材林基地，果品基地，林特产基地。为实现这一规划，安排了以短养长，长中短效益结合，综合治理，立体开发的新路子。使治理、开发、造林三位一体，林、果、粮统一安排，乔、灌、草有机结合。从长远着眼，近期入手，以短养长，长、中、短结合，滚动开发，效益接力。这一发展模式，像一把金光闪闪的金钥匙，终于打开了河北林业发展的被动局面，打破了林业生产的单一渠道，实现了国家、集体、个人一齐上的新格局。

李兴源依靠集体的智慧和力量，依靠自己深厚的专业知识和娴熟的组织才能，终于在河北大地上，绘制出一幅具有河北特色的绿化蓝图。

效益，向绿色进军的突破口

有了发展蓝图，只是“万里长征”走完了第一步，更艰巨的任务还在后头。作为一名专业人员，他深深懂得植树造林是人与大自然的一场决战，是今天的人类所必须经历的一场惊心动魄的绿色战争。不把握战机，寻找进攻的突破口，就可能功亏一篑。他像个绿色指挥员那样，一会儿在河北的地图上凝眸苦索；一会儿又驱车到乡下了解实情。尤其是首都周围绿化工程，从立项，到规划，到实施，他都亲临现场，面对面地指挥，整个项目区因地制宜，因害设防，突出重点，发挥优势，使绿化与基地建设相结合起来。因此，首都周围绿化工程，是21世纪的又一绿色壮举。既然是一场战争，又是持久战，光凭一时的热情和奉献精神不行，必须用群众看得见、摸得着的经济效益去调动人们的积极性，长期坚持下去，才能打赢这场绿色战争。

为此，他来到迁安县的红石崖村。这里是首钢的一个铁矿石产区。一夜之间，全村的所有土地，连同绿树都被国家征用，只剩下无人管的600亩荒山。男人们都去铁矿“上班”了，留下的妇女望着变黑的土地在叹息。痛苦，孕育了出路；困难，使她们扬起新的征帆。这些名不见经传、一向围着锅台转的妇女们觉醒了，奋发了。她们清楚地意识到，无论如何也不能失去生存的土地，一旦被开除“球籍”，所有的一切都会失去。

姑娘们面对着开矿的隆隆炮声，以及身边腾起的股股浓烟，气不平地说：“他们开黑色工厂，我们为啥不能办一个绿色工厂呢？”一句话，打开了所有人的心扉。于是，红石崖村的“绿色工厂”，与首钢的“黑色工厂”，像摆擂台似的，较着劲，互不相让地建起来了。姑娘们在荒山上挖出宽深各一米的条田，像海螺似的，一圈一圈地直盘上山顶，这就是有名的“围山转”。她们在这些新开的条田上，既种庄稼又栽树，当年就收回“工钱”，第二年就结果盈利。全村每人平均从围山转中收入1300多元，有的人比矿山工人的收入还高。这对那些一向讲求实效的农民来说，该有多大的吸引力呀！这是使经济效益、社会效益和生态效益融为一体的最好的“无烟企业”。

这是绿色战役中最佳的突破口，是山区绿化造林的极为成功的模式。李兴源激动得吃不下饭，睡不好觉，到处奔走呼号，下指示发号召，大力推广“围山转”的经验。他像个绿色使者，走到哪里，就把这个经验传播到哪里。“围山转”生态林业工程的大力推广，大大加快了首都周围的绿化进度，改善了生态环境，取得了巨大经济效益。三年来，先后在唐山、承德和张家口项目区推广“围山转”92.58万亩，总投入12254.79万元，总收入10256.57万元，成本回收率为85%，到1992年底，成本回收率达157%。四年时间，不但收回全部投资，还有巨额盈余。这一创造很快轰动了全国，已有数十个省、市、自治区派人前来参观学习这一迅速实现造林绿化的新途径。国务院前副总理田纪云看了迁安围山转造林绿化后说：“围山转规模大，标准高，路子对，效益好，应大力推广。”国务委员陈俊生说：“我看过不少地方治山，像你们搞得面积这样大，效果这么好，还是头一次。”

与此同时，李兴源又调查了太行山和华北大平原，分别搞了经济沟和平原绿地网。这三项重大举措，像一颗颗重型炮弹，奏响了整个燕赵大地向绿色进军的序曲。

气势恢宏的工程造林

首战告捷后，李兴源和他的战友深深懂得，即使有了一个或几个突破口，也只不过是走向胜利的一个前奏。河北省幅员辽阔，人员众多，地形地貌比较齐全。在这样一个平原大省，要搞好绿化，绝非一件容易的事。

他认真分析和总结了过去造林不见林，不断挫伤群众积极性的教训，提出河北绿化造林要走企业化经营的路子。要以基地建设为纽带，实行统分结合的承包责任制。严格立项，按项目投资，按规划设计，按设计施工，按标准验收。像工厂出产品那样，一环套一环，环环扣紧。在资金使用上，以国家补助为辅，以自筹资金为主。所有工程都实行目标管理。实行领导、技术双层承包责任制，个个包任务，人人担风险，定期检查，按时搞“金杯奖评比”，表扬先进，激励后进。尤其是在当前国家和群众的承受能力都很有限的情况下，更要把有限的资金用在刀刃上。要集中人力、物力，形成拳头，打歼灭战，治一片，成一片，受益一片，使群众看到效益，看到希望。

他带着如是的设想，来到丰宁县的天桥梁乡。登上山顶，山前山后，人声鼎沸，热闹非常。歌声、笑声、口号声，响成一片。广大群众，冒着风雪严寒，挥汗如雨地开山造林：这就是丰宁满族自治县与滦平县接壤的天桥梁工程。这是首都周围绿化中最早实现按山系、按流域、集中连片进行综合治理的工程之一。它的建成，对这两个县以至整个首都周围绿化工程区，都起到了示范和引路的作用。

开始时，只有丰宁县天桥梁一个乡在山的北坡搞绿化，后来被滦平县政府顾问、老绿化迷载凤云发现。他认为，同是一座山，绝不能成为阴阳头。山后栽了树，山前光秃秃，这样的绿化不会长久。何况，天桥梁山场广阔，荒滩、河套很多，不打总体战，就不能实现整个天桥山的绿化。于是，他带领滦平县的部分县、乡干部多次到丰宁参观，经过协商，从 1986 年开始，双方决定对天桥梁实行工程治理。统一规划、统一组织、统一施工，打破县与县界线，组织起两乡一镇十个村的农民，对 1.8 万亩荒山荒滩进行大会战。只用了三年的时间，就完成了造林任务。

在隆化县七家乡的西山坡上，耸立着一座高大的“工程造林碑”。正面是“武烈河上游绿化工程”示意图，背面详细地记录了这一工程的规模、施工时间、技术措施以及有关的领导成员等。

从这座石碑望去，绵延数公里的长谷两侧，都已栽上密密麻麻的红果树。秋阳下果实累累，犹如滚滚洪流，正从谷底里流出，使整个的武烈河上游，变成一条色彩斑斓的红果川。整个工程面积 8.12 万亩，全部由七家一个乡承担，使这条河的上游，森林覆盖率达到70%以上。

拨亮一盏灯，照亮一大片。天桥梁、武烈河的工程林，像星星之火，很快在河北大地上点燃。李兴源以一个指挥员的气魄和胆识，布下了一个个工程项目点，动员广大群众在这些主战场上，展开了一幕幕气势恢宏的绿色战争。光是在首都周围绿化区内，万亩以上的工程林就有144处，总造林面积达600多万亩。那一片片绿色，像是一面面胜利的旗帜，指引人们阔步向前。

科技兴林林兴旺

植树造林，是一项技术性很强的产业，光靠行政命令不行，必须技术先行，实行科技兴林，才能使林业兴旺。

1987年，李兴源来到张家口地区的沽源县乡下，只见家家户户的门前都有一堵黑乎乎的墙，感到有些奇怪，走过去一看，原来是用捡来的牛羊粪，做成砖坯，垒起来留作烧火用的。在这个县的白土窑乡，在一望无际的荒野里，他看到一棵老榆树。在这棵树的枝杈上还放有馒头、点心之类的祭品（用来祭祀榆树神灵，保佑人们除病祛邪）。过去人们认为这是一棵神树，都纷纷跑来这里定居。在榆树东边的人，抢先叫东一棵村；在榆树西边的人，把村名定为西一棵村。这样，在张家口的版图上，就有了“东一棵”和“西一棵”两个村子。可见，在这里要长一棵树，是多么稀奇和重要啊。县林业局的领导特意请李兴源去视察该县的有林地。在广袤无垠的山野里，稀稀拉拉地长着一些只有半人高的小老头树。细长的枝干，托着一个脸盆大的小树冠，像一个瘦骨嶙峋的老人，正在寒风中抖动。县局领导说，这是50年代栽下的树，如今只长这么高。

看到这样的情景，李兴源激动地说：“现在许多行政领导，只管发号召，作指示，从不过问有什么成效。像张家口这样高寒的坝上地区，根本不适合乔木生长。可我们硬是搞一刀切，年年动员全民大栽松柏和沙榆，结果辛辛苦苦几十年，也长不成大树，真是劳民伤财白搭工。”

张家口坝上是干旱草原，植物生长的有效积温不够，不能进行有效的光合作用，植物难以生根、开花、结果。栽上树，也只能长成条子，形不成树冠。

李兴源运用科学管理和专业知识，大胆地提出在坝上地区发展灌木，增加其生物量的主张，亲自组织试验。在沽源县栽种的柠条、枸杞、胡杨等矮杆树种，生长非常快，二三年就得平一次茬，越割越旺。

这些矮杆树木，不但绿化了大地，还能为群众解决烧柴和饲草的难题，深受人们欢迎。群众称这种树林为空中牧场，或叫薪炭饲料林，如今在坝上寒冷地区，已发展了20多万亩，从而改变了高寒地区不长树的现状，而且，大大加快了绿化进度。经有关专家测定，这种科学种植，可提高生物量一倍左右，为高寒坝上地区的绿化造林闯出了一条新路子。

通过这一实践，李兴源认识到，领导的决策必须科学化、民主化；为使科技兴林这一决策落到实处，他在省、地、县、乡层层建起了林业站和科技网。仅首都周围工程区就有区乡林业站340个，配备了千余名技术员和协助员，形成了技术管理服务体系。

为了使林木优种化，还在项目区内建立骨干苗圃145处，形成以骨干苗圃为主体，集体、个人育苗为补充的苗木生产体系，每年产优质树苗3亿多株。

为使科学技术形成网络，他还全面实行了多部门、多科学、多层次的联合承包。由单纯产中技术服务，发展到产前、产中和产后的社会化服务体系，实行财务、计划、生产、科研四统一。每年科研投资都在二三十万元以上。

为培养人才，省里建立了培训中心和林业学校。各县建立了林业中学、中专，现在在校学生已达两万余人。对农民也进行普遍培训，经考试，技术合格者由县统一发给“绿色证书”，然后才允许其承包绿化，对林业科研有贡献的人，年年都进行评比奖励。

而且，他亲临第一线，研究和推广新技术，带头实行科技兴林。在管陶县乡下时，见到宽敞的道路两旁耸立着两排挺拔高大的毛白杨，一棵挨一棵，像是两道高大的墙，使公路形成一道绿色长廊。经测算，十年生的毛白杨，一亩地最低也有20~30立方米的木材蓄积量。这使他想到，如果在平原大地，也都搞成这样的林网，既可阻挡风沙，绿化大地，又能保证粮食丰产、高产，岂不是两全其美吗？他的这一计划，却遭到上级有关部门的反对，认为这是"违背操作规程"。李兴源却相信实践才是检验真理的唯一标准。他把株距定为2米，行距定为15米，开始在平原区大力推行。这样的林网树，充分利用边行和彼此竞生的优势，生长快，长势好，不影响农田播种面积，相反，农田定期浇水、施肥，又让这些林网树得到"实惠"，比单独造林还要合算。这种林网树，在大名、管陶试种40多万亩，植物生长量比单独造林的生长量增加了两倍。1990年，林业部派出四位司长来这里调查，看了他们这种速生网格林，给予了充分的肯定，而且认为"是个创造"，要在全国推广。

今年年初，李兴源根据首都周围前一段的绿化情况，通过科学的分析和研究后指出，过去项目区的造林存在林种结构和绿化方式不尽合理的情况，比如省工省力的飞播造林少了些，而人工造林却在不断增加，这样会加重农民的负担。为了加快绿化的步伐，帮助农民尽快脱贫致富奔小康，他提出要调整造林方式和林种结构，适当增加飞播造林和封山育林，适当扩大经济林，在首都周围项目区内，要建成以板栗、核桃、杏仁、葡萄、红果等为主的12个果品基地，将给项目区人民带来更大实惠。

李兴源就是这样，像一位出色的运筹帷幄的绿化指挥员，在燕赵大地上，打一场前所未有的绿色战争，在已取得了巨大成绩的基础上，写出了一份令人鼓舞的"绿色报告"。

原载《绿叶》杂志1993年第5期
本文获"绿叶杯"征文铜奖。

林中奇葩

从承德避暑山庄北上，在不到 80 公里的地方，忽见天空中涌来一片绿色的云，荡漾着一抹淡淡的雾。这也难怪，刚看罢世界著名的人文景观离宫和外八庙，立刻就走进这座国家级自然保护区——茅荆坝国家森林公园，人文与自然景观反得如此悬殊，难怪人们都心头一“震”，由一个惊喜变成另一个兴奋了。

县林业局的老程首先领着我们走进了黑熊谷，这是一条足有 20 多里长的大峡谷。清风习习，满眼飘绿，使人心旷神怡。这是一个无人问津的天然大氧吧，蔚蓝的天空，朵朵白云，清清流水，对久居闹市的人，无疑是迈进了一个清新的境地。

老程说，这条谷是因为 20 世纪中期有农民在山上砍柴时，遇到过大黑熊。当时国家还没有野生动物保护法，气急了的农民，组织起民兵，用真枪实弹，连着几天上山围猎，打死了三只黑熊，从此，这里再也看不到黑熊的踪迹了。我们都沉默不语，想起当年“与天斗与地斗其乐无穷”的口号，想到过去无视生态建设，到处乱砍滥伐的年代，有多少青山变为沙漠，有多少河流早已旱涸，这是多么惨痛的教训啊！

再往前走，一股淡淡的清香扑面而来，我左右“撒目”，像有人在喷洒着香水，越来越浓，绿中透着清香，真是难得的享受。老程说，我在这里工作20多年了，刚来时也感到稀奇，怎么森林中还会有这么浓烈的香水味呢？经过仔细观察，原来是这深谷中的杨树能发出一种清香的味道。说着，他顺手采下一片杨树叶叫我闻，呀！真的是树叶散发的清香。我把那片小叶放在鼻孔下不停地嗅，越闻越香。老程说这是世界上难得一见的香杨树，现在只有雾灵山还有几棵，而这里却是满山遍谷，到处都是。

叮咚、叮咚，香杨树下不时地发出阵阵响声，活像是一位少女正在弹奏着美妙的琴弦，越往沟里走，这“琴弦”弹奏得越响，当我扒开灌木丛和花草朝下望时，一条潺潺的小溪，清澈见底，河中的小鱼小虾，自由地游动，仿佛它们不是在水中，而是和岸上的人群正在游玩嬉戏。青山、绿水、阳光、小鱼，以及无边的花草森林，都像是神来之笔，把黑熊谷描绘得如此多姿多彩，绚丽无比。

老程说，你尝尝这泉水，也有一股香味。我用双手捧起水一舔，果真是香气迷人，这可是条名副其实的“香杨溪”。我曾去过很多地方，但从未遇到连溪水也散发着浓浓的香气的。多好的香杨树啊，那碧绿的树冠像一把把巨伞为人们遮阴蔽光；那白色的躯干，随风摇摆，分明是翩翩起舞的“天鹅湖”；那散发浓郁清香味道的“香溪”，吸引着人们流连忘返。我情不自禁地采下一片绿叶夹在笔记本中，让“香杨树”和香水的味道永留在我的心里。

黑熊谷的树，除了一部分落叶松是人工植的以外，其他大都是次生林，有很多榆树蓬松着，像南方生长的大榕树那样，如座座帐篷把地面罩住。在树与树之间，萌生着各种野花和杂草，随风涌动。如胭脂般嫩红的锦带花，挂在翠绿的枝条上，随风飘舞，花枝招展，令人百看不厌；那“石生蝇子草”花，像路旁的串串灯笼，更是无限妩媚；那种很有名气的“糖芥花”，红黄相间，长在同一根枝条上，就是走遍所有都市的花卉大厅，怕也找不到呢。

这里在1950年就建了林场，近70年来全场职工一条心，拧成一股劲，千方百计地植好树，保护林场不被损坏，现在的森林覆盖率已有87%以上。今日的茅荆坝像一块璀璨的宝石，镶嵌在董存瑞用生命换来的隆化县的大地上。

说话间，又见一片绿草丛中露出一栋破旧的砖瓦房，因为周围花草长得太高，只现出一条破烂的屋脊，墙面上还保留着当年留下的口号，彰显着时代的沧桑和那段不堪回首的岁月，这就是当年的“知青点”了。在上山下乡的口号指引下，无数的热血青年，远离父母和自己熟悉的城市，背井离乡，在当时场领导的“忽悠”下，闯进这条荒无人烟的深山沟，晚上就宿在这栋前不着村、后不着店的峡谷小屋中，白天上山挖大坑栽落叶松，晚上挤在一条土炕上，其艰苦的程度可想而知。现在，知青们栽下的绿树已长大成林，落叶松已长到10米多高，笔直的树干，钻入云空，昂首挺立，像当年的知青那样顶天立地，不愧为好汉英雄。我望着那棵棵高大的落叶松仿佛又见到了一副副老知青的面孔。他们大都出生在1950年前后，倘若他们再回到这个“知青点”看看，一定会无怨无悔，因为用他们的辛勤劳动已换来了今日的旅游胜地。

原载2009年10月17日《人民日报》

山城水韵

记得20世纪60年代末，我奉调到承德地委工作。那时的承德市区只有8万多人口，中国现存的最大皇家园林避暑山庄，占了承德市区的一半以上，而且一直没有开放。整个市区灰头土脸，和一个大村庄差不多。难怪人们都说承德市是“一个警察，一个猴，一条马路，一座楼”。堂堂的市区，只有南营子大街有一条窄窄的油漆路，至于那个小猴，是村民们在兴隆县六里坪山里下了套子夹住的，把一条腿给夹断了，走起路来总是一瘸一拐地朝前蹦，被放在离宫的动物园里，每逢看到它时，心里总有一种莫名的凄凉和感触。

至于承德的水本来就很稀少，一遇旱天，市民们只好拎着桶到井边去排队。避暑山庄的公园内虽然有一条叫“热河泉”的河，并被列入《大英百科全书》之中，但它却是世界上最短的河，只流经两三公里就入武烈河了。

那时，一任任的地委和市政府的领导们，都为承德缺水而苦恼和发愁，如何解决承德的水呢？也不知是到了哪任书记突发奇想，为何不在夏天有水的时候在身边的武烈河上建几道橡胶坝，就像建小水库那样把水都拦起来呢？后来一经实践果然成功！似乎一夜之间，使这座无精打采的山城，居然变成一个灵气无限，让人赏心悦目的“水城”了。那蓝湛湛的湖水，波光粼粼，像女人们每天用的小镜子，把避暑山庄的倩姿丽影，倒映在湖中，这下可好，就是不去避暑山庄旅游，也能在家门口看到山庄的美景了。

现在，围着那条流经承德的武烈河，一下就建起了12道橡胶坝，形成水面240万平方米，每个市民享有10平方米的水面，一汪汪的湖水，像一串串璀璨的明珠一样把整个山城围了起来。凉风习习，清爽宜人，河边的老人们挥动着钓鱼竿，上下翻飞，鱼儿成群结队地都落在鱼筐里。河边的路灯杆上，缠着一个个大花篮，水面中像有一条色彩缤纷的“花”的巨龙在游动。看到承德市有了景观水，喜得市民们连脸上的皱纹都如涟漪般地绽开了，清澈的湖水，倒映着蓝天白云，如今的塞北，已像江南的水乡一样秀美迷人了。

打造宜居，天人合一，使这座城市有了新的面貌。本着“天蓝、地绿、山青、水秀、气爽、路畅、城洁、人和”的16字方针，新建和扩建城市森林休闲公园19座，市区人均占有森林面积60多平方米，无论你走到哪儿，出门不到500米，准能走进一座森林公园，并且全部是免费开放，一座座“大氧吧”，像孔雀开屏那样，把山城打扮得更加妩媚妖娆了。

历史不可忘记。2000年，避暑山庄的湖区竟干涸了68天，国内外各大新闻媒体都做了报道，承德山庄不避暑，百姓生活在热浪中。

自从承德缺水的警讯曝光后，他们痛定思痛，确定了“山为骨，水为魂，绿为脉，文为蕴”的发展思路，千方百计地开源节流；科技兴水；充分利用天然水；科学利用地表水；合理开采地下水；建设生态涵养水；治理污水用中水；制定措施抓节水，改善了人民的生存环境。现又筹建了离承德市只有12公里的双峰寺水库，库容可达1.58亿立方米，控制流域面积12303平方公里。市委新上任的杨书记说，承德过去就是皇家休闲的宝地，是先有山庄后有城市的；今后更要大力发展休闲旅游，把承德建成国际旅游城，成为北京的真正后花园。

承德真的变了。避暑山庄已变成了一座名副其实的“水城”，一座绿城，一座闻名遐迩的历史文化名城，变成了一座中外游客心驰神往的旅游“圣城”。

原载2010年3月22日《人民日报》

“文竹”情

编完《绿色的乐章》之后，我的心情久久不能平静。在100多篇作品中，《人民日报》就发表了30多篇作品，占了三分之一。那篇篇文章，行行文字，如同无数个音符，弹奏的是一曲绿色的和弦，吟唱的是一部绿色的赞歌。尽管文笔粗浅，尚有诸多缺欠，但活现着一颗跃动的心，对播绿人的崇敬和赞叹。

书编完，意犹未尽，还想说什么，一时间又觉得无从谈起，两眼凝视着窗前那盆文竹出神。这是一棵被修剪得极为端庄秀丽的绿树，多年来，虽经时光磨砺，但依旧枝叶青青，透着一派清秀的隽朗的神韵。一年前，我也学着别人的样子，在她伞一样的树冠上，引出两根细长的线绳，系在高高的天花板上。不几日，这棵总不见伸展的文竹，忽然奇迹般地飞长起来，攀着绳线，径直地向屋顶爬去了。于是，这小小的斗室，很快便出现一道道绿色的光束，飞光流翠，洋溢着浓浓的绿意……

由此，我想到了人生，想到了自己。过去，我曾在地委机关从事新闻宣传工作达15年之久，这无疑是我生命中极重要的阶段。我本可以得心应手地继续干下去，然而，那种与生俱来的对文学创作的执着追求和爱好，却无时不在撩拨我的心，尤其是那种像清泉甘霖一样，沁人心脾的抒情散文更时时在吸引和鼓弄着我。

记得1981年的春天，我去河北青龙满族自治县的一个小山村采访，发现那里的集市上全是妇女，一问才知道男人都进山干活了，赶集上店的全靠妇女，所以，这里的集市被谑称为“山村嫂子集”。女人们平素就有爱美、好打扮的习惯，现在生活有了好转，又赶上逛集市，她们真的就像“八仙过海，各显神通”，像赛花似的比着穿。她们足蹬绣花鞋，身穿花裤褂，头戴新采来的野山花，肩挎荆条编的花篮……从头到脚，全是花！莫说是在20世纪80年代初期，就是现在见了这情景，也会感到怪新奇的。于是，我就学着写了一篇小散文《山村“嫂子集”》，没想到很快就在《人民日报》副刊上发表了，我深知这篇拙作，无论构思还是写作，都还很不成熟，但从这篇开始，却使我向文学之路迈出了可喜的一步。从此，我就不断地在各大报刊上发表散文，就像那盆文竹一样，一旦握住了那根长长的“线绳”，我就像系上线的竹叶一样，顺着这根“绳儿”，向前伸展开去了。于是，我那颗从小就立志要追寻的绿色梦，正一步一步地得以实现。人的能力有大小，水平有高低。我不敢和大作家相比，我只是一个从农村走出来的孩子，以这点微不足道的水平，写出点自己还认为是尽力的文章就足够了，发表在《人民日报》上的散文《边城小店》被国家教委选入全国统编教材《初级中学语文第二册》，有评论文章称我为“绿色作家”，虽感到汗颜，但我出的书，大都以绿色为主题。

我将继续歌唱绿色，感激绿色。我希望自己的文学之路像眼前的文竹一样不断伸展、攀升……

原载2007年3月27日《人民日报》

这是一条迷人的山谷

这是一条迷人的山谷。路边的蒿草几乎比人还高，满山遍野的香杨树、白桦林、落叶松和枫树，争奇斗艳，各显风采。长长的山谷，像是大自然铺就的一面大舞台，正在进行着演出，彰显着各自独特的美。香杨是属于茅荆坝森林公园的黑熊谷景区，刚刚开放，鲜有人迹，是个难得的原生态，离承德最近的大氧吧。凡来这里的人，一看到满谷的香杨树，便把这条长约 30 华里的沟壑称为香溪谷了。我寻觅着，遐想着，想找出香杨谷的独特。拐进沟口，幽幽地，一股香味从山谷里飘了出来，浓郁扑鼻。当我得知这就是茅荆坝的香杨树所发出的一种特有的香气时，几乎被惊呆了。闻着清香，忽听耳边淙淙，像有水声，拨开树枝仔细观望，见一串串水珠从树根下冒了出来，蜿蜒起伏，一会儿亮晶晶地出现在地面，一会儿又隐藏在草丛深处。我小心翼翼地来到树下，猛喝了几口水，又凉又甜又香，沁人肺腑。这水真香，像勾兑了香水一样。我随意采下一片树叶，一嗅更是香气无比，此时我仿佛觉得，这里的水，早已被香杨树染成香水溪了。这时，场长老赵见我沉浸回味，“扑哧”一声笑了。他在茅荆坝林场工作已经有 20 多年了，对这里的一草一木都有特殊的感情。他说，香杨树在北方只有雾灵山还有两棵，没想到它在茅荆坝却找到了新家，肆意地繁育生长，不但成林成片，还茂盛了满沟遍谷，连溪水都有了香味。这种树体形很美，高大而挺拔，并且不生花絮，是集美化、绿化、香化和净化于一身的树中珍品。它的叶、芽、枝含有大量的香精，散发着香味，尤其是雨季，气孔张开，香味更浓。这种树耐严寒和干旱，即使在零下 40 多摄氏度的冻层里也能成活。由于木质好，总有香味，是制造各种家具的好木材。它同西北生长的胡杨树同属一个树种，由于我对胡杨林的敬佩，便对这里满山遍野的香杨树产生了更深的喜爱和赞美。茅荆坝从 1950 年建场开始，从未有过任何破坏，完全是天然林，所以香杨树越长越多，越长越快。走到谷口，“黑熊谷”几个斗大的红字映入眼帘，山门处用石块垒起的两棵比翼齐飞的杨树更引人注目。左边那棵叶子有些细小，在秋风中哗啦哗啦地摇摆着，像摇动着满树的金币；右边的那棵，巴掌大的叶片，仍是绿油油的，像打着绿伞。老赵说那绿叶葳蕤的是香杨，而另一棵则是山杨。我摘下一片绿叶一闻，果然香气很浓，再看树根，刚好长在一起，两棵树粗细大小一致，旁边又有一棵小杨树，显然是它们的子女。人们说这叫双杨树，孪生树，我却不假思考地说，就叫“夫妻树”吧，那棵小树就是它们的孩子。这样的奇观也许在别处也能看到，因为中国的杨树种类太多，占世界的一半以上，或许一棵山杨趁人不在意的时候，跑来与香杨约会，使其同根共长并生下了儿女。

原载 2010 年 11 月 27 日《人民日报》

感恩《人民日报》

《人民日报》副刊，是作家的摇篮，是中国文学创作的百花园。我也是被《人民日报》副刊培育的一枚小小的花蕾，报纸帮助我打开了一条创作之路。

记得刚参加工作时在河北兴隆县委“三线办公室”，负责办工地上一张由蜡纸刻印的小报，非常简陋。我写了一篇《一不怕苦、二不怕死的民工连》的稿件，不知被谁给推荐到报纸上发表。于是，承德地委派人来考察，结果一纸调令把我调到承德地委宣传部做新闻干事，专门写新闻报道。有一次我去河北省青龙满族自治县的一个小山村采访，发现那里的集市上全是妇女，一问才知道，自从实行家庭联产承包责任制以后，男人都上山干活去了，赶集全靠妇女。所以，这里的集市被谑称为“山村嫂子集”。女人平素就好打扮，现在生活好转，又赶上逛集市，一个个都像赛花似的比着穿。她们足蹬绣花鞋，身穿花裤褂，头戴新采来的野山花，肩挎荆条编的小花篮……从头到脚全是花！莫说是在20世纪的80年代，就是在当今看这情景也觉着很新鲜。这花花绿绿的情景，在一篇通讯中很难完成。从小就酷爱文学的我，像素描似的学着写了篇散文《山村“嫂子集”》投稿，没想到被《人民日报》副刊选中发表。这是我第一次刊发散文作品，高兴得无以言表。后来得知，是副刊编辑袁茂余老师在来稿堆中发现了这篇稿子。这篇文章的发表成全我进入另一个创作领域，使我在新闻报道之余，又开始散文创作。

承德地区写散文的人越来越多，很多稿件都在报纸上发表，受到《人民日报》副刊编辑们的关注和鼓励。1985 年秋天，《人民日报》文艺部袁鹰主任提出，要给承德的散文作者发一版专页，鼓励承德的散文作者多写散文，写好散文。这个专版的“编者附记”写道：“近年来，河北省承德地区的业余文艺创作活动开展得比较活跃。这里刊登的是该地区几位作者的作品。他们从事创作的时间都不长，有的还是刚刚拿起笔来的新手，作品自然还欠成熟，但由于他们一直都生活在群众中，无论叙事、写人、记游，都有较强的生活气息，读来有一股朴实、清新之感。我们编这个专版的目的，是希望能够推动各地业余文艺创作活动的开展，希望有更多的基层业余作者拿起笔，描绘四化建设和改革中的新人新事，唱出更多的‘春潮曲’。”专版刊发了我和刘兰松、王晓霞、白瑞兰、步九江、李秀娟等文友的作品。那时，承德几乎每年都要召开散文研讨会，作家荟萃，对承德的散文发展起到极大推动作用。大家都认为承德散文界发展快。

20 世纪 80 年代有一年暑期，我去新疆霍尔果斯，这个边陲小镇给我留下了深刻印象。最让我难忘的是在紧靠中苏两国界碑的我方一侧，有一幢小平房，是由两个亲姐妹经营的姐妹小店，所卖的商品可谓是琳琅满目。即使客人一时买不到的商品，小姐俩也都一一记下来，等司机下次再过境时准能拿到货。酷热的暑天，长途跋涉的司机们一下车，小姑娘立即递上雪白的毛巾，让他们洗洗脸解解乏，然后再递上冰镇汽水、啤酒和西瓜。若在严寒的冬季，屋里安上一个大火炉，窗外雪花纷飞，窗内温暖如春。回来后我写成一篇小稿投给《人民日报》，经刘梦岚老师编发到副刊上。有一次我和地委组织部副部长张春明同志路过滦平县周台子乡，见一小孩正坐在路边上翻看《初级中学语文第二册》，我一看，发现我写的

《边城小店》被收入课本。

如烟的往事，总也关不住闸门。改革开放四十年，我在《人民日报》副刊上发表的散文也约有四十篇。这虽不能与那些黄钟大吕般的巨著相比，但也是在改革开放中迸发出的涟漪和浪花。回望这么多年，《人民日报》副刊多位老师对我的培养和帮助，让我由衷地感激！与此同时，我还采写了不少新闻报道和通讯发表在《人民日报》上。我一生最喜欢的工作，就是写新闻报道和散文。《人民日报》几乎成就了我一生的追求和梦想。感恩《人民日报》!

原载 2018 年 6 月 4 日《人民日报》

感激绿色

绿色，是生命之源，没有绿色，哪有人类的今天。绿色，不但哺育了我的生命，更激发了我绿色的情感，使我走上了绿色文学的创作之路。

我从小就喜欢绿色，这不仅仅是因为我生长在山区，更是因为森林像母亲的乳汁一样哺育我成人。小时候，家境贫寒，但我家的后山上有一片蓊郁的白桦林。我们几乎是靠着桦树度日。每逢到了春天，姐姐总是领着我采桦叶做菜团。我们从早采到晚，翠绿的叶子总也采不完。冬天把树皮剥下来，像一张张白色的夹板纸，结实而又挺脱。大人们把它围成桶装东西，或成块地对起来当炕席铺。不过，更多的时候是把那薄薄的桦树皮卷成细长的卷儿，当蜡烛点。长长的桦烛，噼啪作响，幽香扑鼻，照得满屋生辉。

人与绿树，有着如此相依为命，灵与肉的交融，能不为绿色欢呼和敬畏吗？从此，我不停地朝林区跑，那是我精神灵动的家园，只有走进一尘不染的林区和绿树，我才如同回到了可以信赖和依存的港湾；才可以远离疲惫和浮躁，让心灵得以宁静和休闲。此时，我静静地躺在林中，那丛丛的绿树，那茸茸的嫩草，那鲜丽的野花，那百鸟的啁啾，仿佛是我一生中所见到的最美的诗，最好的画，最浓的酒。我像是依偎在母亲的胸膛，是那样的惬意和恬畅。看白云悠悠，听林涛作响，使我感到生命的充实，心灵的自由，人生的坦荡。一切利禄功名，早已烟消世外，我，不过是大自然中的普普通通的一员。

别人的文章是用自己的才能和智慧写出来的，而我是迈开双脚“走”出来的，我是“脚板底下出文章”。寒冬腊月，坝上林区早已是一片冰冻，当时的气温已降到零下40多摄氏度，大雪纷飞，道路断绝，但我听到即使在如此恶劣的环境下，高山顶上仍有一对小夫妻日夜坚守在瞭望台上，时刻都在观察火情，保护着一百多万亩的大森林，已经有三个多月没有下山了，完全与世隔绝，感动得我久久不能平静。出于一种对森林防火人员的无限崇敬和使命感，我不顾林场丁书记的一再劝阻，执意要到高山顶上去探望。我独自一人，扒开一米多深的积雪，硬是用双手开出一条雪的“巷道”，爬上雪山，看望和采写了这对不畏风寒和艰险的护林防火人员，写出了报告文学《夫妻望火楼》和散文《高山顶上有人家》。

改革开放40多年，祖国已发生了巨变，我个人也因绿色而走上文学创作之路，出版了《刘芳绿色散文选》《绿色的乐章》等散文集。我怀着一颗感恩的心，永远感激绿色！

原载2008年11月4日《人民日报》

后记　弹奏塞罕坝的歌

塞罕坝，犹如一部绿色的旋律，吸引着我不断地去那里弹奏着各种乐曲。那不同的声音，不同的词句，使我谱出了篇篇文字。蘸着塞罕坝人艰苦创业的事迹和汗水写出了文章，我感到像释放了一种心灵的重托和责任，心情是那么充实、坦荡和兴奋。

早在40多年前我就开始上坝，那葳蕤的绿色和莽莽的森林像是一片绿色的海，震撼了我的心灵，感动的我不能自已。我见过碧波荡漾的大海；也曾见过浩瀚无垠的沙海；更曾常见过那些缥缈的云海，但见到塞罕坝人冒着奇寒和酷暑，用自己的双手，硬是在沙石滩上栽下110多万亩的大林海，那简直是人间的奇迹！感动的我当即就写出了《林趣》的散文发给《河北日报》"布谷"副刊上，刚好在同年的副刊主任韦野先生见面问我那位是刘芳时，他对我只是点点头笑了。我们开过散文笔会后不久，于1983年8月24日《河北日报》"布谷"的副刊头条将《林趣》发表了！我不敢说那是我的代表作，但今日读起来仍余味无穷。那年的冬天，我冒着冰雪和寒风，又写出了《绿色丰碑》，专门写塞罕坝国营机械林场艰苦创业事迹的长篇通讯，在《人民日报》1986年2月2日第二版显著位置上发表，编辑部并在同版上配发了《愚公移山精神万岁！》的“评论”，我认为那是我对塞罕坝精神的最早弘扬，也是对塞罕坝的第一次在《人民日报》上做全面的报道和表彰！在当时，虽没有宣传热潮，但塞罕坝人艰苦创业的精神，却得到了国内外的肯定。

我因此也把塞罕坝作为我的创作基地。我文化不高，读书又很少，感谢党把我调到地委宣传部做新闻报道，那是我最喜欢的行业。但要写文学作品，必须要为真人立像立言，用生动的情节和优美的语言刻画人物和情境，于是，我想到了塞罕坝。那山、那水、那物、那人，都是我创作的土壤和抒写作品的根。我这一生唯一的长处，就是不怕艰苦，长期深入基层，用坝上人的实际行动及播绿人的英雄事迹去书写和描述。当时的地委和文联领导都曾找我谈话，想委我重任，文联领导亲自去我家想任我为副主席，但都被我婉言谢绝了。我一门心思地要去寻找那些为绿化荒山而做出贡献的人们并与他们交朋友，用他们的事迹为写好绿色散文而尽力。我虽然没有写出几篇好的作品，但我确实是曾追求过，努力过，现在不必看重结果。

在我写《塞罕坝情思》的20多篇散文中，竟有7篇散文被人民教育出版社选入高中和初中语文课文中的“美文共享”，散文《夜宿“美林”》被当年选为全国高中毕业考试的试题；《生命之歌》和《走进白桦林》被河北省教育科学研究所选入河北省乡土教材的高中和初中语文课本，其他很多文章被选为“高考复习资料”。我觉得写坝上散文，也有些规律可循：

要立志高远，把弘扬塞罕坝精神作为主旋律，充分体现“文以载道”的精神内涵。我常常想，“每逢我感到文思枯竭时，每逢我感到无奈和惆怅时，我就迫不及待地朝林区跑。那丛丛的绿树，那鲜丽的野花，那百鸟的啁啾，仿佛是我一生中所见到的最美的诗，最好的画，最浓的酒。我躺在绿草丛中，像是依偎在母亲的胸膛，是那么惬意和恬畅。看白云悠悠，听林涛作响，我感到生命的充实，心灵的自由，人生的坦荡。美丽的塞罕坝啊，你是我从事创作的源泉，是我文思涌动的土壤。我浏览着浓浓的绿色，心灵像又被洗过。那绿、那水、那人，缓缓地走过，开始了‘绿梦’的拍摄。犹如琴弦在拨动，宛如人与自然在高歌。为着绿色，曾追求过，努力过，就不必看重结果。此时如释重负，感到人世间仍那么清新、宁静和淡泊……塞罕坝人的精神，就是一代代人的坚守，终于使风沙漫漫的荒野变成了如诗如画的绿洲。不怕艰辛，砥砺前行，这是中华民族最伟大的传统美德。”当一百多万亩大森林起来后，最担心的是防火，于是，他们就在海拔 1900 多米高的大光顶子雪山的顶峰，建了一座望火楼，昼夜观察着火情，它像森林的眼睛一样眺望着河北、山西和内蒙古邻近的森林和草原。1985 年的寒冬腊月，我冒着严寒去上坝，那纷飞的大雪，很多务林人住的窝棚都被大雪埋住了，当我提出要去看望夫妻望火楼时，丁场长以为我在说笑话，他说连场里的人都半年多没去望火楼了，你根本不可能去。但老丁拗不过我的决心，不得不派一辆吉普车，找技术最娴熟的师傅开车，又叫几个小伙子带着锨镐跟着，边走边扒雪开道，好不容易把车开到了山脚下，司机怕水箱冻坏，赶紧掉过头把车开回去了。我独自立在半山腰，瞥一眼头顶上的望火楼，还有好几里地远，都是直上直下的大雪坡，像镜面一样光滑。我立不住身，站不稳脚，每前进一步，全靠攀着树干或紧拉着树枝朝前爬，一步一跌，浑身是雪。当我终于爬上山顶回头望时，见我走过的路上，歪歪扭扭，被蹚出一条“雪的胡同”，像战壕一样漫长而又深邃。望火楼分上下两层，上层是瞭望台，楼下住着人。我怀着一股既新奇又喜悦的心情，推开主人的房门时，并排趴在炕上正在教女儿认字的小两口全愣住了。他们既不说话，也不叫我进门，时间、情感、意识好像全停在同一个休止线上……

过了好久，那男的一对呆滞的眼睛，还在死死地盯着我，上下不停地翕动着嘴唇，就是说不出话来。幸好那个只有五六岁光景的小女孩，迅速地溜下炕，抱住我的腿说：“叔叔快进屋里来呀！”这时，那男的才如梦初醒，惊讶地问：“同志，你是走迷路了吧？从秋天到现在，还没有人上过山来。”我说就是在大雪天特意来看望他们的。小两口对视了一下，眼泪簌簌地落了下来。妻子拿着一个小盆，忙到外边的雪地上端了一盆雪，放到锅里烧开，然后放了半把茶叶，给我沏了一杯水，那酽酽的浓茶，像粥一样浑浊，我抿了一口，一股浓烈的松脂味，呛得我差点吐了出来……

“你们就是用这样的雪水做饭吃吗？”

“不吃这样的雪又能吃啥呢？”从九月开始，一直要吃到第二年的五月，然后才能有水喝。

“粮食和蔬菜怎么办呢？”

“春天一化冻，就从山下朝上背粮食，都是一步一滑的‘登天路’，每次只能背十五六斤，还得我们两个人替换着打接力，一直背到够一年吃的时为止。至于蔬菜，大都是夏天采的山蕨菜和野蒜苗，晒干后储存起来，更多的时候是吃咸菜。”这一家人，男的叫陈锐军，女的叫初景梅，六岁的女儿叫陈艳艳。夫妻俩都是知识青年，小陈高中毕业后被招聘到这里，再也没有回去。他们从条件比较优越的城镇，一头扎进这与世隔绝的大森林，开始时确实有点受不了，有时寂寞得几乎要发疯。没办法，就对着大山林喊，听一听自己的回声，算是与人间说了话。后来时间久了，直到今年春天，才把小艳艳从老家接来，给他们带来些欢乐。这时，小艳艳忽然拿起电话，对着话筒喊了起来：“你是石姑姑吧？我给你唱支歌好吗？”说罢，她踩着小凳，跷起脚，开始奶声奶气地唱《十五的月亮》。在海拔1900多米的高山顶上，飘出这样亲切悦耳的歌声，着实地让人感动不已。她刚唱完，可能是因为受到对方的鼓励，咯咯地笑个没完，末了又高兴地说：“我再给你唱一支《妈妈的吻》。”就这样，她对着电话机，一气唱了三支歌，才爬上了炕。小艳艳到了这高寒坝上，也感到寂寞了，常常望着山下出神，叫嚷着要回去找奶奶。林场的领导知道这件事，便出了这个主意，叫她给山下的女电话员打电话唱几首歌，以便意识到又回到了人们的怀抱。

“你们的生活太清苦了，我和领导说一下，换换班吧？”

他们夫妻俩几乎是异口同声地回答：“不用，让谁来也是吃苦。作为林业工人，只要能和森林在一起，就会感到有一种说不出的快乐。到了夏天，各种鲜艳的野花竞相开放，比城市里的大花园还要好看。再看那流云，有的像骏马、有的像骑士、有的像高楼、有的像灯塔，就在脚下奔走。那雪白的晨雾，一清早就从门缝里钻进来……”我让小陈领着登上楼顶。那凛冽的寒风，像刀子一样在刺割着我们的脸，摇摇晃晃的真有些站不住。我用望远镜朝四下眺望，只觉得这观察哨附近，仍是一片碧绿的春色，像是在冰雪中，出现了一个不冻的海。

回场的时间到了，我戴上皮帽手套准备下山时，那个天真可爱的小女孩“哇”地一声哭了，她抽抽噎噎地抱住我的腿不放，想不到这么短暂的相处，竟产生了一种难离难舍的感情。他们一家三口，踏着深深的积雪，一直把我送到半山坡。眺望着天空，一抹灿烂的晚霞，照耀着山顶，望火楼上的小红旗，在夕阳的辉映下，显得更加绚丽夺目了。

后来，我写了《雪山顶上有人家》在《散文》上发表，专门讲《夫妻望火楼》的故事，这个《夫妻望火楼》可出名了，曾受到林业部领导和中央机关负责人的接见，他们这个森林眼睛时刻观察着火情，几十年来从未发生过火灾，塞罕坝林场被评为全国森林防火先进单位，陈锐军也被评为全国劳动模范。由于长年与世隔绝，生活艰苦，得了病被劝退下山住到了县城。那年清明节时，我又想起了生前曾领导塞罕坝人向荒山进军，死后又把骨灰埋到坝上的王尚海便再也坐不住了，我跑回承德，邀了原承德行署常务副专员、河北省审计厅厅长、河北省人大财经委主任并退休的陆生同志一块驱车去坝上马蹄坑给王尚海扫墓，在回来的路上专程去拜访了陈锐军。想不到这位当年血气方刚的男子汉，现在只能在门口的木栅栏旁爬行，嘴里不停地呻吟着、呜呜地呼喊着，虽然这声音与他在望火楼寂寞时冲森林呼喊的声音一样，但我总觉得他是一种病态。小初说，后来他们在高山顶上还生了个小男孩，直到八岁还不会说话。我当即给林场负责行政事务的主任打了电话，据说他们很快会去看望。这生动的事迹，只是当年建设林场中的一个小小插曲，塞罕坝人正是用这种艰苦卓绝、奋发到底的决心和意志才建成这座茫茫的大林海的。

感人的细节，来自生活的真实，不但接了地气，还使人物更加栩栩如生，活灵活现地跳到你的面前。我在《林中腊月》中曾这样写过：寒冬腊月，人们都在忙着准备过春节，我却还在坝上林海中徜徉。虽然穿着厚厚的皮大衣和大头鞋，但一到室外，那刀子般锋利的西风，很快穿透衣裤，刺割着肌肤，全身立时战栗起来。只好学着老坝上人的样儿，在林中迅跑。

这里是高寒区，经常在零下四十五摄氏度左右。即使是晴天丽日，天空中也纷纷扬扬地飘着雪花。冬日的林海，是一个无与伦比的冰清玉洁的世界。那积在地上一米多深的白雪，晶莹得连一根草叶、一粒微尘都没有。

我磕磕绊绊地向前走着。林中静极、美极，甚至连风儿的声音都听不到。无论灵魂或肉体，都正在经受着这至纯至美的净化。但是，当我爬上一座山冈时，从不远处，隐隐约约传来一种啄木鸟似的哪哪响声。于无法想象的静谧中能听到一种声音，这无异于在大海中看到航标灯，是那么的令人心神向往。我不知被绊了多少跤，打了多少个滚，当我气喘吁吁再也无力爬行时，终于见到高山顶上正有一群忙碌的身影。他们把在林中间伐下来的原木，都扛上一个除去柴草的光山坡，搭成木头垛，然后喊着号子，一起将这些木垛推下。在那光滑的坡面上，早已结成一层厚厚的冰，像滑梯一样，一直把原木送到山底。

迎着木材滚下的响声，我第一次见到了伐木工。这是一群与众不同的地道“山民”。他们穿着臃肿的衣服，头戴狗皮帽，脚蹬带“钉齿”的爬山鞋，走起路来，像披着铠甲的武士，叮当作响。尤其让人不解的是，这些只有二十几岁的青年，都留着胡须和蓬乱的长发。原来，他们一进山就是十几天，风雪阻隔，根本不能回家，更没有时间和条件去洗脸和理发了。

这塞罕坝机械林场，是我国北方最大的人造林海。从 1962 年建场至今，全场数百名干部和工人，用去了几代人的青春和心血，才把这荒原染成绿色，有效地阻挡了由蒙古高原上吹来的风沙和寒流，大大地改善了京、津地区的生态环境和气候，它像一座功德无量的绿色丰碑，屹立在北国的大地上。

伐木队长小韩告诉我，三分造林七分管，营林抚育是最大的难题。这绵亘1000多平方公里的莽莽森林，得一棵一棵地去修剪间伐。他说夏天的林子更难钻，人一进去，那些一寸来长的大蚊子，像吸血的针头，立时爬满全身叮得人疼痛难忍、叫苦不迭。没法儿，越热越得穿厚衣裳，把脸和手脚都用纱布包上，不一会儿，汗水就会如注般地从裤脚里流淌出来。至于冬天，说到这儿，他捡起一根木棍，叫我朝他背上敲。我一时不知其意，就真的使劲敲了起来。

“咚咚咚”“咚咚咚”，呀！这分明是一面大鼓的响声。小韩笑了：“你看，我们每个人的身后，都背着一张大锅盖，敲起来咚咚响。”

我的眼睛湿润了。这些细皮嫩肉的毛孩子，为了祖国的大林海，正在经历着何等的艰难和困苦啊！他们每天冒着奇寒，蹚着一米多深的大雪，在密林里爬来滚去。身上的汗，很快结成冰，把衣服冻得像铁甲一样坚挺。

小韩说：“冬天日照短，每天只能吃两顿饭，还没上到山顶，肚子就饿得咕咕叫了。但先辈们创建这个场不容易，不久就可以进入轮伐期。那时每年全场产木材两万立方米，价值两千万元，一年就能收回几十年建场的投资。而且是永续作业，年年收回两千万元，真是价值连城，想到这些，再苦再累也心甘情愿了。”

他执意叫我到他们的伐木小屋去坐一会儿。翻过几道山梁，两间红砖砌成的小屋，在林海中飘逸着袅袅炊烟，像是一条小船，正停泊在冰雪的港湾里。

刚要进屋，我的两条腿却停住了。原来在这烟熏火燎的门框上，已经贴好了准备过年的对联儿，那七歪八扭的大字，虽不如书法家写得苍劲有力，但却力透着豪爽和侠义。上联写道：“一日两餐有味无味无所谓”；下联是：“爬冰卧雪苦乎累乎不在乎”。横批是：志在林海。

我的两眼又一次湿润了，望着那副对联，我仿佛看到了这群年轻伐木者的心灵……

其实，这样生动的细节，不用刻画，不用描写，伐木工人行动的本身，就是最好的描述、最好的刻画、最好的体现。

美的语言，来自细心的观察，文字就像跳动的音符，美妙悦耳的旋律就在你耳边回响。我在《林趣》中这样写道：暑天时，我到塞罕坝机械林场小住了几日，每天在林中行走，就像在一座神奇无比的翡翠宫里漫游，是那么新奇、恬适和惬意。最让人感兴趣的是那绿色的雨。它匆匆地来，悄悄地去，缥缈不定，时断时续。有时，刚见一丝儿浮云从林中腾起，一转眼儿，就变成一场霏霏的阵雨。那细长而又密集的雨丝，像网一样捞起林中所有的绿，满溢得连圆圆的叶片，细长的枝条，都不住地朝下滴着绿液呢。若要蹲下身，轻轻地扒开草丛一看，一条涓涓的溪流，潺潺地，犹如一泓浓酽酽的绿茶，在缓缓地流淌，馋得人真想趴在地上，咕嘟咕嘟地喝个够呢……

下过一阵小雨，整个林区像是洗了一个清水澡似的更加清新明媚了。那些放荡不羁的灯笼花、大碗花和五味子，像淘气精似的，互相追逐嬉戏，顺着老树的脊背，一个劲儿地朝上爬，一直到老树的梢头，才披散开来，像灯笼一样在林中高挂；站在地上的柳兰花、虞美人、野芍药，虽不能爬树攀高，但也毫不气馁示弱，它们争奇斗艳，各显神姿，用最美的颜色，在林地上织成一幅幅花的地毯、花的锦缎，让人见了，真有置身于迷宫的感慨。

我在《夜宿“美林”》中写道：徜徉于绿色的林海之中，那绿的风，绿的波浪，绿的馨香，纯洁着人的灵魂，释放着心中的舒畅，使人好像又回到了神话中的“伊甸园”。

沉思中，忽然一个绿浪打来，顿觉眼前一亮，呀！一片错落有致的尖塔，渐渐地浮出水面。远远望去，似一艘造型别致的游船在游荡。这就是进入塞罕坝林海后，我所见到的第一个“人间仙境”——美林山庄。负责陪同的人说，我们晚上就宿在这里。

这是多么美轮美奂的组合，又是多么令人叹为观止的艺术杰作。于葱绿欲滴的丛林之中，昂扬着一座座俄式的小木屋。为了不影响花草的蓬勃，为了不拥挤绿树的生长，他们见缝插针，在一片清凌凌的湖水和各种野花竞放的水草之上，打下一根根木桩，把一座座有着尖尖的红顶和原木砌成的小木屋，支起在空中，任草儿、花儿、树枝儿，任性地生长，甚至可以从木制的墙缝中，洞开的窗口处，把花草的枝叶伸进来，与人握手交谈。

木楼与木楼之间，有木制的栈道相连，曲径通幽，妙不可言。门前有一座长长的月牙湖，像是一面硕大的屏幕，倒映着白云、绿树、蓝天。每天清晨，最先跳进月牙湖的是那轮淋着满身露珠的旭日，接着便是岸边不时都在开放着的各种野花和嫩草，使月牙湖顿时变成一座花团锦簇的水上大花坛。在碧绿的湖面上还有几只灰色的小野鸭，也跑来凑热闹，无忧无虑地在水中玩耍，即使见到游人，也不害怕，仍大摇大摆地游来游去。它们似乎知道，在这里，人与自然界中的一切生物，谁也不会干扰和伤害谁。若再约上几个亲朋好友，乘上小舟，或在湖中对弈，或在湖中唱歌，或在湖中起舞，或在湖中谛听鱼儿跃水的噗噗响声，那是一件多么让人欣喜和惬意的事啊……

傍晚，森林静极了，就连喧闹的松涛，也开始入睡。只有身下的绿草丛中和清澈的湖水里，还不时地传出几声蛙鸣。小木屋总是香喷喷的，像有人洒了很多香水。仔细寻觅，原来是木屋周围的金莲花、走马芹、野百合的花香，趁人们不在意时，争先恐后地从窗口处、门缝间挤了进来，像淡淡的花雾一样把小屋喷洒成一个芬芳的世界。一根根云杉的树枝，伸出毛茸茸的小手，也从刚打开的门窗处伸进来，晃来晃去，或握握你的手，或摸摸你的脸，人与自然，从来没有像现在这样亲近过。

细腻而优美的语言，真像是化妆师，把人和物打扮得漂亮无比，像诗、像画、像陈年老酒，让你醉意朦胧，进入美的境地。

现在，全国人民正在学习贯彻习近平主席有关塞罕坝的重要指示，我也把塞罕坝历代创业者们的事迹写成的散文，以一种感恩和前人栽树后人乘凉的心态，整理出版了这本《弹奏塞罕坝的歌》的书，以实际行动和广大读者们，更好地实现“绿水青山，就是金山银山”，使生态文明建设更加美好和辉煌！

2019 年 11 月被花山文艺出版社选入《伟大的历程》——河北改革开放四十周年“专题作品集”。荣获“庆祝改革开放四十周年”专题征文优秀奖。

跋 绿色散文家刘芳

程世刚

他从绿色中走来，终其一生，心无旁骛地扑到绿叶上。他为绿色而写，为绿色而歌，弹奏着的是一首绿色的乐章和生命赞歌。

刘芳是著名诗人刘章的兄长，20 世纪 70 年代成名。他是文坛前辈，全国有影响的散文作家，著述颇丰。刘芳也是承德文坛翘楚，他与著名诗人刘章、何理，著名小说家郭秋良、薛理等，是承德文学创作的集大成者。

这是一位踏遍万水千山、阅尽人间颜色，有一颗不老诗心的高瞻远瞩的大作家。

刘芳 1938 年出生在兴隆县安子岭乡上庄村的南沟，那里是一座被大山和绿树包裹着的山沟里。

苦难的童年，他亲眼目睹了日寇的暴行，亲身体味了山里人不屈的抗争精神，塑造了他的灵魂。

刘芳的记忆中永远有一道阴影。那一年，80 多岁的老奶奶，正在病中。有一天山顶上的“消息树”忽然倒了，那消息树是人立的树，敌人一进山，看树的人推倒树，群众马上跑进山，躲敌情。日本鬼子已进山了，甚至能听到敌人的脚步声一点点地逼近，鸟都飞绝了。生死关头，倔强的奶奶死活都不动。她心疼家里人抬着自己跑上山不方便。可一家人都围在奶奶的身旁，几个哥哥早把担架绑好。她说：“日本鬼子再残忍，见我这八十多岁的老太婆，又不能翻身下炕，咋也不会活活地烧死我吧？”一家人无奈，只好恋恋不舍地跑进深山了。当敌人走后，大家回家一看，草屋早已被烧了，当大家来到奶奶的屋子时，看到了惨绝人寰的一幕：奶奶身体早已被烧焦，只有肚皮还在鼓着，像“鼓”一样，胀满了对鬼子的深仇大恨！日本侵略中国施行的杀光、烧光、抢光的三光政策，真是惨无人道，罪恶滔天！这是中国人永远都不能忘记的。烧焦鼓起的奶奶的肚皮，永远留在了刘芳的记忆中。国恨家仇岂能忘？唯有报国是良图。立在家乡山头上的“消息树”啊，无数次让日本鬼子走进八路军的包围圈。“消息树”已根深蒂固地留在了刘芳的记忆深处。

在他的童年记忆里，故乡大山上有一片桦树林是他最喜欢的。那时家境贫寒，每逢到夏天，姐姐总是领着他去采桦树叶子做菜团充饥。

同样生长在他童年记忆深处的，还有家乡大山的密林，密林中隐藏过抗日的军民，密林中飞出过复仇的子弹。

带着大山无私馈赠的童年刘芳，有幸接受了新中国的学校教育，他如饥似渴地遨游在知识的海洋里。品学兼优的他 1959 年毕业于河北农业大学农机分校，到兴隆县委“三线”办公室负责办民工报。因写了篇《一不怕苦、二不怕死的民工连》的稿件在大报上发表，当时承德地委宣传部一纸调令，于 1969 年把他调到地委宣传部搞新闻报道。刘芳一手写新闻，一手写散文，在两个领域里辛勤耕耘，终于这两块地都喜结硕果。他写的《送给京津清甜水》在《人民日报》头版发表后，北京市委市政府、天津市委市政府都派主要领导来承德的潮河、滦河考察调研。北京市副市长几乎年年都要带着资金来丰宁县慰问乡亲们，还建立了希望小学。天津市也为潘家口水库搬迁户送来了大量物资。京津冀的情感拉近了，现在三地终于走到了一起。

1984年刘芳被调到承德市文联工作，历任党组成员、秘书长、编辑室主任。1988年刘芳加入中国作家协会，成为一级作家，中国林业文联常务理事。他先后出版散文和报告文学集《黎雀声声》《绿染京华》《夜宿竹楼》《绿的呼唤》《刘芳绿色散文选》《绿色的乐章》《绿色散文精选》等多部文学作品。散文《捅燕窝》获河北省作协金牛奖。2018年，《塞罕坝情思》获第八届全国冰心散文奖。

家乡的山水绿树，给了他灵气和丰沛的文思，他的作品注入了一种颜色，就是那象征勃勃生机的浓浓绿色。他关注人类的生态环境，倾心于“绿色散文”的耕耘，浓浓乡土气息使他的散文字里行间散发着质朴而又淳厚的风韵，可谓独树一帜。在刘芳先生的“绿色散文”间行走，人们仿佛呼吸着山间清冽的空气，那是一种沁人心脾的享受。《绿色明珠塞罕坝》《林趣》《坝上采蘑》《捅燕窝》《夜宿“美林”》《走进白桦林》《红树林颂》等散文名篇佳作，读之令人拍案叫绝的文字比比皆是。“刚刚萌生的嫩草闪着亮晶晶的露珠；一簇簇正要开花的映山红，羞怯地闪着笑脸，像有无数的婀娜少女隐藏其间；那挺拔高大的油松树，伸出长长的手臂，把万里蓝天擎起……”“塞罕坝的花美，林海更美。若登高远眺，莽莽苍苍，绿的波涛、绿的海浪，立时奔来眼底，真想变做一只快乐的小鸟，沿着绿色的树梢，任意飞翔，一直飞上蔚蓝色的天空……”

自从与笔结缘，刘芳就告诫自己，作家不能离开现实，不能离开人民，只有双脚踩在坚实的大地上，才能写出好文章。他深入林区，与基层群众交朋友。他是一位可敬可爱的逆风行走的人。每到寒冬腊月，他不畏艰险，踏冰蹚雪，冒着凛冽的寒风，忍着零下40摄氏度奇寒，朝大山深处跑，攀爬高峰，访问护林人，深入人迹罕至的山洞，写出了《高山顶上有人家》《野人小记》等许多名篇。著名作家、评论家，承德市文联副主席武华所说，他几十次去坝上林区，坝上的山山水水，树木花草，坝上的工人、农民、技术员和工程师，都是他心中的牵挂，成为他生命中重要的组成部分。为了创作，刘芳的采风足迹遍及长城内外、大河上下、南疆北陲，他歌咏祖国绿色的林区，他赞美给大地带来绿色的人们，把不同地域的乡土风情，绘入他的散文画卷。他在《夜宿“美林”》中说，我望着那一排排高大的落叶松，仿佛在我面前耸立着无数个绿化英雄，我不由得低下头，默默地向这些大树鞠躬。一位向大树低头鞠躬的人，一定是一位胸中有丘壑，具有大爱情怀的人，这是因为他始终不忘根本，不忘童年故乡的密林。

改革开放之初，百废待兴，那时中国人还在纠结温饱问题，而刘芳却将目光对准林业、环境，关注绿色生态。他用绿色情怀，倡导和践行着绿色理念，尤其难能可贵。刘芳真是一位远见卓识的智者。“大自然赋予人类的太多了，几乎是无时无刻地不在做着奉献；可我们回敬她的实在是太少了，而更多的是向她索取，甚至是掠夺，从这一点说，人在大自然面前，是应该感到惭愧的，不是吗？”他不停地反思生活叩问灵魂，矫正人类的行为。作为钟爱绿色的呼唤者、歌吟者和颂赞者，刘芳被誉为“绿色文学作家”和“生态散文家”。终于，“绿水青山就是金山银山”已成为我们国家和时代的共识。

在文学后辈眼中，刘芳质朴内敛，不事声张，但面对绿色他就变成激情四溢的诗人。在《我与绿色散文》中刘芳写道：“在我的一生中，也曾经历过很多挫折和苦闷，但一打开思维的‘闸门’，那绵绵的绿色，立时被添补和充盈。绿色，犹如一个小小的‘精灵’，附着在我的躯体，挥之不去……”

中国作协副主席、著名作家、诗人高洪波曾经说：“绿色的乐章，是歌者刘芳发自心底的旋律，悠悠中显现出燕赵大地的豪壮，又充满对森林、对草木的关爱。”

2017 年 8 月，习近平总书记在对塞罕坝林场建设者感人事迹的重要指示中指出：“55 年来，河北塞罕坝林场的建设者们听从党的召唤，在‘黄沙遮天日，飞鸟无栖树’的荒漠沙地上艰苦奋斗、甘于奉献，创造了荒原变林海的人间奇迹，用实际行动诠释了绿水青山就是金山银山的理念，铸就了牢记使命、艰苦创业、绿色发展的塞罕坝精神。”一时间，塞罕坝精神传遍全国。

从30多年前开始，刘芳就在自觉地传播塞罕坝精神了，他是塞罕坝精神的播种机。

1983年，刘芳第一次上塞罕坝，他惊叹“谁能想到，从1962年开始至1983年的短短20年的时间里，在‘大漠风尘日色昏’的塞上高原，竟建起一座闻名遐迩的河北省塞罕坝机械林场……在这片海拔1000米至1900多米的高寒地带，年平均气温只有零下一点九摄氏度，最冷的时候约在零下四十四摄氏度，几乎整年都是白雪皑皑、风沙弥漫。全场360多名干部和工人，就是在这样恶劣的气候条件下，战风雪、斗严寒，奋战了20多个春秋，用去了一代人的青春和热血，才把这个荒原染成了绿色。这个奇迹，像一声春雷，震撼了我的心灵”。不久，刘芳就创作出了报道塞罕坝精神的长篇通讯《绿色丰碑》在《人民日报》第二版头条发表，编辑部还在同版配发了长话短说的评论《愚公精神万岁！》。

20世纪60年代初，正是低指标、瓜菜代的困难时期。干部和工人们吃的是莜麦窝头就咸菜，住的是草窝棚和地窨子。头一年栽下的树苗，因为水土不服，全部烂根死掉，只好又组织人马搞试验，育出适合本地生长的新树苗。人们开始动摇了，一股下马风和撤离塞罕坝的情绪正在酝酿和发酵。就在这时，党委书记王尚海和场长刘文仕及技术场长张启恩等领导，统一思想，坚定信心，毫不动摇！他们分别把自己的家都搬到坝上。王尚海一家七口人就睡在一条土炕上，过年时，他把留下的干部和工人请到家里，大伙儿一块包饺子，煮了一锅又一锅。到了第二年春天，他们拿着新培育的种苗到马蹄坑进行大会战，结果成活率都在百分之九十四以上，他们的大会战成功了！塞罕坝林场党委书记王尚海和场长刘文仕，是林场的主心骨，是旗帜，是标杆。刘芳经过深入采访，写成歌颂王尚海的散文《绿色魂》，在《人民日报》发表；他把场长刘文仕的事迹写成通讯《绿的追求》也在《人民日报》发表，两个人物的先进事迹迅速传遍全国，感染了伟大祖国的无数建设者。

他在寒冬腊月爬上雪山写出《夫妻望火楼》，生动地记载了全国劳动模范陈锐军和他的妻子初景梅的感人故事。他采访完“野人”张侯拉的事迹后，这样写道：“他从18岁开始植树，一直栽到87岁。他在九塔山上栽种的300多亩幼树全部成活，郁郁葱葱地绿了一座山，飘起一片云。他一生没有遗憾，从小就按照自己的意愿一步一个脚印地去奋斗、去追求，即使在人世角逐、互相争斗的动乱年代，他也没有白白地度过……这是我所见到的一位真正把利禄功名视为身外之物的贤者，是我们民族和人民引以为荣的精英。”

30多年来，刘芳创作了几十篇描写塞罕坝的散文，他用感人文字树起一座座丰碑，为时代塑造了一个个道德楷模和精神标杆，他用生花妙笔描绘塞罕坝林区的美丽风光，他把塞罕坝精神传播到天涯海角。是的，塞罕坝精神永远值得弘扬，正如当代著名作家红孩所说，“如果说我们过去只知道有大庆精神、北大荒精神、大寨精神，那么今天，我告诉你，我们还有一个塞罕坝精神！这些精神，就是中华民族生生不息、创造历史、改造世界的奋斗精神”！

刘芳的身上还有一种可贵的精神，那就是专心致志做自己喜欢做的对社会对人民有意义的事情，不为名利所束缚。当年，承德地委曾派领导找他谈话，想委以重任，但都被他一一谢绝，因为他已经把抒写绿色，作为自己一生追求的目标和责任。是的，做自己喜欢做的事情，这很重要。假如刘芳当年在地委从政，当了什么“官”，就会被政务所累，肯定不会产生那么多优美的绿色散文，即使有，也会很少。

刘芳的散文语言优美而又朴素，明白晓畅通俗易懂，内容都很励志，很讲究谋篇布局，适合青少年儿童阅读。他有7篇作品被人民教育出版社选为中学“美文共享”，散文《夜宿“美林”》被选为全国高中毕业考试的试题，散文《边城小店》被选入全国统编中学语文课本。还有很多作品被选入全国高考复习资料。青少年儿童是祖国的花朵，他们阅读什么样的书籍关系到他们的未来，也关系到祖国的未来。阅读刘芳的作品，不但有益于习得写作方法，更为重要的是让人产生对绿色对自然的敬畏，学会欣赏美好，励志向上，这善莫大焉。在社会主义新时代的今天，在全国人民凝心聚力为实现中华民族伟大复兴而奋斗的现在，我们更加呼唤这样的作品。

随着中国城市化的推进，随着大数据时代的到来，中国散文创作的道路似乎越来越狭窄。人们封闭于钢筋水泥的建筑中，手敲着键盘，把网络上得来的信息经过一番加工，就写出了所谓的散文。其实，这只是搬运信息而已。“文章合为时而著，歌诗合为事而作”，作家要有时代的良心。当下，许多写散文的只是关注历史，到老祖宗那里去发挥，不免有的散文就是老生常谈，钻故纸堆。目前，玩文字游戏，絮絮叨叨，半天不知所云的散文越来越多，好像文章越让人读不懂越是高深莫测。刘芳独辟蹊径，进行绿色文学创作，他赞美绿色，赞美创造绿色的人，提醒人们关注生存的环境，让人眼前一亮，看见了散文创作的一线曙光。正如评论家晓明在《人民日报》撰文说：“刘芳这样潜心竭力地从事绿色文学创作，无疑对拓宽散文创作的道路，是个可喜的尝试。”

中国有个诗上庄。一个仅有500多人口的小山村，60年来，相继走出了著名诗人刘章、散文家刘芳、诗人刘向东和刘福君等四位中国作家协会会员，这在中国绝无仅有。现在，诗上庄的村民都以读诗写诗为乐事，小山村以诗歌为切入点，开发文化旅游，发展经济，发生了翻天覆地的变化。在故乡山水草木灵性的启发下，刘芳一路播绿。刘芳给诗歌的上庄注入了散文的元素，必将使美丽的诗上庄更加丰饶。

绿与美，真与善，那些生动的文字不也正是刘芳自己的人生、灵魂的写照吗？他珍爱大自然的山山水水，他感恩花草树木，他讴歌延续生命的绿色，他传播带来绿色的人们所具有的崇高精神。走过万水千山，有些人初心不改，是命定的诗人。他的散文他的追求难道不是一颗来自家乡兴隆的永恒诗心吗？

巍巍雾灵钟灵毓秀，明珠承德地灵人杰，绿色散文家刘芳给美丽的兴隆、承德增添了诗意。著名作家何申说，“承德的蓝天，有刘芳的一份贡献”。兴隆、承德给京津遮挡风沙，是京津的重要水源涵养地，我们有理由说，京津的蓝天也有刘芳的一份贡献。愿刘芳绿色的吟唱，永远回响在祖国的蓝天上。

附录

绿色的赞歌

高洪波

在我的案头，放着一部即将付梓的《绿色的乐章》稿件清样，那淡淡的墨香，犹如浓浓的绿雾，弥漫在空中，使我立时沉浸在绿的氛围之中。

我和作者素昧平生，但好友白冰曾介绍过，在承德地区，刘芳是桃李满天下的老师，是散文界一位坚守的老兵。他从 1988 年加入中国作协一直在写绿色的散文和报告文学等。从本书的目录中可以看出，在近百篇的作品中，《人民日报》就发表了数十篇，占了全书的三分之一。他的作品已得到全国各大报刊，包括《人民日报》等报纸的关注。各种评论刘芳绿色散文的文章二十多篇。一个用大半生的时光，一直在讴歌绿色的作者，确实是难能可贵。

综观全书，从云南到新疆；从三北防护林区到河北的塞罕坝上，篇篇文章，都留下了他跋涉的足迹。寒冬腊月，坝上林区早已是一片冰雪的世界，当时的气温已降到零下 40 多摄氏度，大雪纷飞，道路断绝。但他听说即使在如此恶劣的环境下，高山顶上仍有一对小夫妻日夜都坚守在瞭望台上，时刻在观察着火情，保护着一百多万亩的大森林，已经有三个多月没有下山了，完全与世隔绝，感动得他久久不能平静。出于一种对森林防火人员的无限崇敬和高度的使命感，他不顾林场领导再三劝阻，执意要到高山顶上去探望。他冒着严寒和风险，独自一人，扒开一米多深的积雪，硬是用双手开出一条冰雪的巷道，爬上雪山，看望和采访了这对不畏风暴和艰险的护林防火员，写出了《雪山顶上有人家》的散文。

在西北的黄河岸边，他听说有一位年逾八旬的老翁，不顾年迈，自己在九塔山上挖一个小山洞，白天在洞周围植树造林，晚上就宿在这个只能容纳一人，并且得佝偻着身子才能躺下的山洞里。经过几十年的艰苦奋斗，终于在这座黄土高坡上植出一片葳蕤的绿色，并把这片森林毫无代价地全部献给国家。这精神、这气质、这行动，多么值得我们中华民族自豪和骄傲啊！为此，作者又一次不顾道路艰险、环境陌生，亲自爬上九塔山，在一片落叶堆里，终于找到了蓬头垢面、几乎像“动物”一样在蠕动的张侯拉，他写出了生动感人的作品《野人小记》。（序绿色的乐章刘芳散文集）

在风沙肆虐的新疆采访时，遇到了大风暴；在人烟稀少的天山果子沟里，被冰雪风沙困了一夜。他和维吾尔族同胞一起，不顾寒冷和饥饿，填坑扫雪，人推肩扛，推着汽车一步一步地朝前挪动，直到天亮时汽车才走出了险区。在霍尔果斯边城采访了一对经商的小姐妹，写成了《边城小店》的文章，被国家教委选入全国统编教材，编入初级中学语文课本。

为了宣传承德，反映八县一市人民顾全大局、宁可牺牲自己的局部利益也要保护好京津水源的高风亮节，他几乎走遍了潮河、滦河及白河的流经区域，写出了《送给京津清甜水》的特写，在《人民日报》的头版发表，受到了国家有关部门，尤其是北京、天津两市领导的高度重视，多次派人或市领导亲自到承德考察慰问，并在经济上给予这片杰出奉献的地区以大力支持和帮助。这是老作家刘芳对故乡的深情与承诺，更是回报。

在“坚持‘三贴近’，讴歌新时代”精神的鼓舞下，刘芳像一个徜徉于绿色王国的游子，到处奔走着、呼唤着、抒写着、歌唱着。现在呈献给读者的这部《绿色的乐章》，正是歌者刘芳发自心底的旋律，悠悠中显现出燕赵大地的豪壮，又充满对森林、对草木的关爱。其实，人类本是自然之子，故而刘芳这曲绿色乐章可视为人与自然的和谐之歌，感恩之曲。他用自己的双脚，用自己的行动，踏遍山山岭岭、荒野山村，弹奏着一曲曲绿色的赞歌。

愿文坛多几曲这样的歌吟。

是为序。

原载 2007 年 10 月 30 日《人民日报》

（作者系中国作家协会副主席、著名作家、著名诗人）

脚板底下出文章

武华

读刘芳的《绿色散文精选》，仿佛把我带进一座芳草萋萋，林木葱绿，百鸟啁啾，高山流水般的绿色画廊里。我和刘芳曾在一个单位工作多年，他把书写绿色环保作为自己一生追寻的目标，深入基层，走进林区，写出了许多好的通讯和散文作品。他的这一坚守，几乎用尽了他一生的精力，直至今天，他还在力所能及地坚守着，写作着。

刘芳常说，他的写作是一次次走访，靠脚板子“走”出来的。他自谑为“脚板底下出文章”。他在严冬的季节，曾冒着零下40摄氏度的高寒，穿着大头靴，披着羊皮袄，爬着冰雪去坝上，那种牵挂，那种执着，那种对塞罕坝人的情感常人无法想象。寒冬腊月，人们都在忙着准备过春节，而他却在茫茫的林海中徜徉，他终于见到了一群植树工。这是一群与众不同的地道“山民”。他们穿着臃肿的衣服，头戴狗皮帽，脚蹬带“钉齿”的爬山鞋，走起路来，像披着铠甲的武士，叮当作响。在《林中腊月》一文中，作者见到植树工小李，他随便捡起一根木棍，叫我朝他背上敲。我一时不知其意，就真的使劲敲了起来。“咚咚咚，咚咚咚”，呀！这分明是一面大鼓的响声。旁边的植树工小韩笑了，你看，我们每个人身后，都像背着一张大锅盖，敲起来咚咚响。原来这是汗水结冰冻在他们细皮嫩肉的脊背上的。“我的眼睛湿润了，这些毛孩子，为了祖国的大森林，正在经历着何等艰难和困苦啊”！

作者在书中还记述道，一年冬天，他望着漫天飞舞的雪花，又想起了望火楼。于是，他冒着风雪来到塞罕坝林场，向丁场长说明来意。丁场长嘴巴张得老大：“你疯了？不是说着玩吧？那上面与人们的联系只有一部电话机。山上的雪有半人深，根本上不去。”但老丁拗不过他的决心。

当他独自立在半山腰，瞥一眼头顶上的望火楼，还有六七里远，都是直上直下的大雪坡，像镜面一样光滑。他立不住身，站不稳脚，每前进一步，全靠攀着树干或紧拉着树枝朝前爬，一步一跌，浑身是雪。当他终于爬上山顶回头望时，见刚走过的路上，歪歪扭扭，被蹚出一条“雪的胡同”，像战壕一样漫长而又深邃。

望火楼分上下两层，上层是瞭望台，楼下住着人。他怀着一股既新奇又喜悦的心情，推开房门时，并排趴在炕上教女儿认字的小两口愣住了。他们既不说话，也不叫他进门，时间、感情、意识好像顿时全停在一条休止线上……幸好那个只有五六岁光景的小女孩，迅速地溜下炕，抱住他的腿说：“叔叔，快进屋里来呀！”这时，男主人才如梦初醒，惊讶地说：“同志，你是走迷路了吧？从秋天到现在，还没有人上过山来。”他说是专程来看望他们的。小两口对视一下，眼睛立时都湿润了，女主人拿起一个小盆，忙到外面撮了一盆雪，放在锅里烧开，然后放了半把茶叶，给他沏了一杯水，那酽酽的浓茶，像粥一样浑浊。他刚抿了一口，一股强烈的松脂味，呛得他差点吐出来。

可以说，如果不到实地考察，如果不把身心投入生活的怀抱，如果不在寒冬腊月穿着皮大衣和大头鞋去经历坝上的严寒，去接受刀子般锋利的寒风，不在没膝深的冰雪中滚爬，能写出植树工小李们后背上的咚咚作响的积雪？能写出催人泪下不忍再读的《雪峰顶上有人家》吗？

刘芳几十次去坝上林区，这里的山山水水，树木花草，这里的工人、农民，技术员和工程师都是他心中的牵挂，成为他生命中重要的组成部分，就像他在《夜宿“美林”》中所说：“我望着那一排排高大的落叶松，仿佛在我面前耸立着无数个绿化英雄！我不由得低下头，默默地向这些大树鞠躬……”

刘芳的每篇文章都运用了细腻的白描写法，使自然景物都活脱脱地站立在你的面前。如在《澜沧江夕照》中，他写道：“夏日的傍晚，那条桀骜不驯、奔腾不息的澜沧江，忽然变得非常温柔、乖顺和静谧了。或许它也惊诧于橄榄坝的秀美风光而放慢了脚步吧？那玉带般的江水，此时看不到漩涡和波浪，只有偶尔飞过的几只彩蝶和昆虫，望着倒映在江中的花丛、树海，不知深浅地扎了进去，才使这平滑如镜的水面，泛起几道淡淡的涟漪……”

刘芳的散文，每一篇都是一幅画，每幅画的主色调都是“绿”，有深绿、浅绿、墨绿、淡绿、豆芽绿……养人眼目滋润灵魂。他在很多年前就把抒写绿色散文，保护生态环境作为自己人生追求的主题，综观他的写作，可以说他一直在遵循“文以载道”的文学传统，所载之“道”即尊重自然，敬畏自然，保护生态和人与自然和谐相处的大道。

原载 2014 年 1 月 11 日《人民日报》

（作者系承德市文联副主席）

绿色的追寻与呼唤

——读刘芳的散文集

晓明

这是一种难得的执着与追求：从搦管之日起，十年来，始终矢志不渝地唱着绿色痴情的恋歌。综观中年散文家刘芳的全部创作后，我们不能不为之怦然心动：他在散文艺术属地留下的或深或浅的脚印，他殚精竭虑，呕心沥血写出的篇章，竟大都以呼唤绿色为主题。

他陆续奉献给散文艺苑的一本本散文集《黎雀声声》《绿的呼唤》《绿染京华》，以及尚未收入集中的《绿的拼搏》《绿的希望》等几十篇专门歌颂绿色的作品，无疑构成了散文世界一种有价值的独特存在，刘芳的创作从一开始便表现出对绿色的难解难分的迷恋。他第一本散文集《黎雀声声》中的大部分篇什，与其说是为塞外山川和北方乡民唱着纯情的赞歌，毋宁说是为塞外醉人的绿色和创造绿色的人们唱着痴情的恋歌。他在《林趣》《燕山秋色》《九女山》等文中，艺术灵感的触发点总是山林，关注的目光也总是首先投向绿色。他作品专意描摹的人物也好，景观也好，总是镶嵌在大自然绿色的画布上，在绿叶扶疏中矗立起风姿绰约的各具形象。

这恰恰契合了这位在塞外青山绿水怀抱中成长起来的散文家，之所以偏爱绿色的一种天赋的悟性：是因为绿色是生命的摇篮，也是生命的底色。他的散文之所以让人感到得江山之助，是因为钟山川灵气的魅力也正在这里。

近几年，随着生态危机的声浪日甚一日，刘芳的这种天赋的悟性，很快升华为一种对绿色的凌厉的呼唤和自觉的观照。他太敏感了：当人们尚未意识到，人类在自觉地创造各式各样辉煌的生命形式和生存方式，同时却在不自觉地践踏着绿色，毁灭着绿色时，他的心和笔都变得格外沉重。受强烈的忧患感和责任感的驱使，他的创作一直沿着这个生态的焦虑点驰神走笔，他一脚深似一脚地踅入塞北的野山远村，他举步维艰地跋涉于风沙肆虐的西北漠地，面对裸露蛮荒的山野，连绵不断的沙丘，沸沸扬扬的沙海，他按捺不住发出振聋发聩的“绿的呼唤”。

作家在《走进白桦林》中，向我们披露了这种创作心态：“我似乎被唤起了另一种良知：我们再也不能随意践踏这些使人类赖以生存的绿色了。我虽然无力改变这个世界，但起码要在我的陋室，在我的周围尽快创造出一片新绿来，并要教育我的子孙爱护森林……”于是，讴歌自然，呼唤绿色，歌颂每一片绿意，歌颂植被绿色的人们，成为刘芳近年来散文创作的主旋律。受到了越来越多的人们的赞誉。和这位朴实的生活型作家的精神内质有关，刘芳的散文，既不以田园花草作低吟浅唱，也不以林海松涛抒空灵性情，而是实实在在地关注着祖国大地在生态危机的声浪下，悄悄崛起的绿色革命。他时而走进家乡的山川林海，时而踅入北疆的茫茫草原，时而扑向浓荫匝地的西南边陲，时而投身风沙滚滚的西北漠地，他这洒遍祖国山川的被汗水浸透的行行足迹，都变成了片片歌唱绿色的绚丽文字。他的散文专集《绿染京华》，生动地描绘了三北地区和首都周围宏伟的绿化工程，祖国北方涌动着的波澜壮阔的绿色海洋；热情歌颂了那些蘸着生命的汗水，装点江山，艰苦创业的可亲可敬的绿色播种人，《系在绿树枝上的爱情》《绿染京华》《夫妻望火楼》《希望的绿色》等佳篇，在祖国北方一派派绿的绚烂画面上，向我们描述了无数个在难以想象的艰难困苦的境遇下，那些奋战在祖国绿色革命最前线的描春手和绿色工程师们默默无闻的奉献精神，和他们感天地、泣鬼神的英雄业绩。《绿染京华》正是通过这些绿色战线上令人感动和喜悦的人物与事迹，把一片绿意连同欣慰播植于我们的心头。他这样潜心竭力地从事绿色文学创作，无疑对拓宽散文创作的道路，也是个可喜的尝试。

原载 1990 年 10 月 4 日《人民日报》

（作者系著名作家、评论家，大学教授）

绿色与真善美的结晶

——读刘芳《绿色散文精选》

刘毅

刘芳先生的散文创作别具特色，我想这与其取材和立意有最直接的关系——自古以来，中国的散文虽然不离山水“元素”，但是细察近代，由于多种多样的原因，散文创作的题材成分中，多以大自然和山水、林木为“底色”，像刘芳这样不吝笔墨，倾注感情，长达几十年专注于抒写“绿色散文”的散文家确属少见。这部《绿色散文精选》(中国文联出版社 2013 年 8 月出版)，就是一部集中反映刘芳散文特色的作品集。

阅读刘芳的“绿色散文”是一种心灵的享受。在这里，你可以全身心地感受人类赖以生存的大自然之美，可以尽情徜徉于作者描绘和传递的本色大自然，领悟人类与自然和谐共处的普世价值理念。随着作者的足迹，向北，你可以走进小兴安岭的伊春，感受亚洲最大的绿色氧吧的甘醇气息；你也可以向南，在澜沧江畔的傣家竹楼，感受南国之绿的旖旎妩媚；你还可以跟随作者西行，在丝绸之路的霍尔果斯看耸入云天的白杨；你也可以向东到秀美的鼓浪屿，与作者分享宜人的海滨环境中绿色的内涵……

作为绿色散文作家，无疑，刘芳拥有亲历山水、亲近大自然、悟道人居环境的体验。对此，他的自白很质朴：“别人的文章是用自己的才能和智慧写出来的，而我是迈开双脚‘走’出来的，我是‘脚板子底下出文章’。”“寒冬腊月，坝上林区早已是一片冰冻，当时的气温已降到零下40多摄氏度，大雪纷飞，道路断绝，但我听说即使在如此恶劣的环境下，高山顶上仍有一对小夫妻日夜坚守在瞭望台上，时刻都在监视火情，保护着一百多万亩的大森林，已经有三个多月没有下山了，完全与世隔绝，感动得我久久不能平静。出于一种对森林防火人员的无限崇敬和使命感，我不顾林场丁书记的一再劝阻，执意要到高山顶上去探望。我独自一人，扒开一米多深的积雪，硬是用双手开出一条雪的‘巷道’，爬上雪山，看望和采写了这对儿不畏风寒和艰险的护林防火人员，写出了《夫妻望火楼》和《高山顶上有人家》。”正是靠着这种勇于深入原生态生活，志在采集原生态生活“样本”的可贵精神，刘芳几乎跑遍了我国的大小林区，获取了见证绿色生态、描绘绿色人文生活的最权威的创作“资本”。刘芳的创作成果再一次印证了生活是文学创作源泉的真理。

如果你是一位热爱大自然、热爱生活的人，那么你一定能从这些“绿色散文”中得到艺术审美的满足。这不仅因为作者呈现出来的是真、善、美的“图画”，字里行间也充满着对和谐的人居环境的追寻，笔下的人物和故事都是那么有血有肉、真实可信，还因为作者十分善于把他的所见所感艺术性地传达给读者。在这部《绿色散文精选》里，刘芳的散文写作达到了笔随心转、收放自如的境界，从而使读者获得丰富的艺术享受。《林中酒家》有小说笔法之神韵，寓情于白描；《火焰山观绿》《鼓浪屿的女儿》夹叙夹议，动人心扉；《绿色魂》则以报告文学的笔触，让读者从人、事、情的文字中去领悟生命的真谛……

在《林中鸿雁》中有这样一段文字：“刚走出几步，就见远处的湖面上，有一片硕大的落叶向我漂来，越来越多，在微明的晨曦中，我终于看清那不是树叶，而是聚集在一起的一群灰褐色的小野鸭。它们身贴着身，拥挤着向前漂流，娇小玲珑，乖稚可爱。我怕惊吓着小鸟，便蹲在草丛中仔细观察……我左瞧右看，恍然大悟：这哪里是野鸭，分明是春秋两季在高天上飞行的鸿雁啊！”神情专注，笔致细腻，字里行间氤氲着大自然气息，充满了对观察对象的怜爱之情。

刘芳笔下的“绿色散文”，最适合两类读者。一类是青少年，他们初涉人生，刘芳笔下清新美丽、纯洁可爱的绿色世界，琳琅满目的百科知识、传奇历险，恰好成为他们的人生之书。另一类是老年人，他们读刘芳的“绿色散文”，心中共鸣的将是历经沧桑的人生旋律和回归大自然的向往之歌。

原载2015年3月6日《河北日报》

（作者系著名作家、评论家。原《女子文学》主编）

绿树成荫果满枝

王晓霞

在我的书柜里，摆放着多部刘芳老师的绿色散文集，有的书我已读了多遍，总是爱不释手。早就想写个读后感，无奈诸事缠身，就一直拖了下来。

其实，我和刘芳早已熟悉。20 世纪 80 年代初，那时他在承德地区文联工作，而我还是个不谙世事、初出茅庐的文学青年。记得我们曾一同赴围场塞罕坝机械林场采风。一路上，大家欢歌笑语，徜徉于花海绿浪。印象中，刘芳老师是个典型的知识分子，质朴、内敛，平时话很少，更多的是诉诸笔端，倾泻出来的文字行云流水，如诗如画，像一泓清冽的泉水注入读者的心田。这也是我品读他绿色散文最初的印象。

那时的中国文坛活跃得不得了，而承德地区以名家多、活动多、成果多而闻名。刘芳老师是承德文坛前辈的翘楚，他与著名诗人刘章、何理，著名小说家郭秋良、薛理等，是承德文学创作的集大成者。正是在他们这一辈人的带领下，承德文学事业方兴未艾。诸如文坛上被誉为"河北三驾马车"之一的何申，在全国颇具影响力的著名诗人白德成、步九江、刘福君、北野、王琦、李海健、薛梅等；书法家吴震起在全国书法大赛中多次获奖，篆刻家秦彪的篆刻，一印难求……

文人大都有两大特点，要么食古不化，要么总是走在时代的前列。刘芳老师就是走在时代前列的人。那时国人都在纠结温饱问题，而他却关注绿色生态。“所谓绿色生态，指既满足当代人的需要，又不对后代人满足其需要的能力构成危害的发展。”三十多年来，绿色革命、绿色发展、绿色出行，“绿水青山就是金山银山”已成为我们国家和时代的共识。绿色散文，也成为散文中的一个类型。刘芳老师先人一步，对自然生态、社会生态、文化生态和人性生态极具关注与关怀。他是绿色的呼唤者、呐喊者、歌吟者和颂赞者，因而被誉为“绿色文学作家”或“生态散文家”。评论家晓明在《人民日报》撰文说：“刘芳这样潜心竭力地从事绿色文学创作，无疑对拓宽散文创作的道路，是个可喜的尝试。”特别是时至今日，当雾霾来袭，在我们生存环境堪忧的情况下，他用绿色情怀，倡导和践行着绿色散文的理念，尤显难能可贵。

从云南到新疆，由三北防护林区到河北的塞罕坝上，都留下过刘芳老师的足迹。他甚至不畏艰险，冒着零下 40 摄氏度的奇寒，踏冰蹚雪，攀爬高山，访问护林人，写下了《高山顶上有人家》；他深入人迹罕至的山洞，采访造林老汉，写出了《野人小记》……他的文章都是迈开双脚“走”出来的。从而有了《黎雀声声》《绿的呼唤》《夜宿竹楼》《绿染京华》《刘芳绿色散文选》《绿色的乐章》等散文集和报告文学集。

刘芳老师投身绿色散文创作近四十年，给人留下鲜明的印象：他是散文作家中的音乐家、画家和诗人。他用音乐家手中绿色的音符，穿起了一条近乎完美的绿色项链；他用画家泼墨的大写意，完成了一幅幅绿色的山水画卷；他用诗人的想象，抒写了一部恢宏壮阔的绿色交响诗。我认为，他的作品有三个突出特点：

一是绿色诗意与情怀。在《我与绿色散文》中他写道：“在我的一生中，也曾经历过很多挫折和苦闷，但一打开思维的‘闸门’，那绵绵的绿色，立时被添补和充盈。绿色，犹如一个小小的‘精灵’，附着在我的躯体，挥之不去……”被人民教育出版社选入课本的名篇《绿色明珠塞罕坝》中有这样的描写：“塞罕坝的花美，林海更美。若登高远眺，莽莽苍苍，绿的波涛、绿的海浪，立时奔来眼底，真想变做一只快乐的小鸟，沿着绿色的树梢，任意飞翔，一直飞上蔚蓝色的天空……看到这样雄浑壮阔的林海，我的眼睛湿润了。谁能想到，这片郁郁葱葱、150 多万亩的大森林，竟是坝上人在年平均气温只有零下一点九摄氏度的荒凉沙漠里，经过几代人艰苦卓绝的奋斗，一棵一棵地营造出来的。”仅这段文字，让我触摸到绿意萦怀、清香扑面，体会着小鸟飞翔般的畅快淋漓，感受到作者对大自然的倾慕与热爱，对营造绿色家园、造福人类的感恩情怀。

在《林趣》中，他写道：“那细长而又密集的雨丝，像网一样捞起林中所有的绿，满溢得连圆圆的叶片，细长的枝条，都不住地朝下滴着绿液呢。若要蹲下身，轻轻地扒开草丛一看，一条涓涓的溪流，潺潺地，犹如一泓浓酽酽的绿茶，在缓缓地流淌，馋得人真想趴在地上，咕嘟咕嘟地喝个够。”这充满机趣的描述，透着绿雨的清澈与嫣然，富有生态美学的意蕴。一个七尺男儿内心竟是这般柔软和丰富，这种潜在的力量，是对环保的感召，是对精神的净化。

二是绿色寄托与表达。在从事绿色文学创作的同时，刘芳老师还写出了《绿色丰碑》《绿色的追求》《绿色奥运好邻居》等二十多篇通讯，在《人民日报》发表。其中《送给京津清甜水》的特写，在《人民日报》头版发表后，立即引起国家有关部门，尤其是北京、天津市领导的高度重视，多次派人或市领导亲自到承德考察慰问，并在经济上给予大力支持和帮助，促进了承德水利事业的大发展。一个作家最大的作用，就是影响甚至感召着社会良知，推动着社会前行的脚步。这些虽已时过境迁，但犹在的记忆，已嵌入岁月的永恒。

三是绿色追寻与畅想。著名作家高洪波曾经说：“《绿色的乐章》，正是歌者刘芳发自心底的旋律，悠悠中显现出燕赵大地的豪壮，又充满对森林、对草木的关爱。”《坝上采蘑》《捅燕窝》《夜宿“美林”》《走进白桦林》《红树林颂》等散文名篇佳作，仿佛绿色的风，缤纷的雨，璀璨的花，晶莹的树。那一草一木、一山一水，不仅浸润着人的温度，也是作者灵魂的透视与写照。“生态环境，已成为人类生存和发展的必要条件，越来越多的人开始关心生态平衡问题。”（《青山恋》）这不是预言的预言，记录着一位作家的独立思考。

终朝采绿，生命天唱。刘芳老师倾注一生情怀，醉心吟唱。他勾勒的图景、谱出的旋律、抒写的诗行，终成“绿树成荫果满枝”。

原载 2017 年 9 月 7 日《中国文化报》

（作者系著名作家、诗词作家）

可贵的绿色精神

——评刘芳散文集《绿色的乐章》

何理

被誉为“绿色文学作家”的刘芳，最近又出了一部散文集《绿色的乐章》(作家出版社出版)，收入了近百篇散文作品。这是发自心底的绿色赞歌，不仅情真意笃，亲切感人，而且全书洋溢着一种可贵的绿色精神。

1981年《人民日报》发表了刘芳第一篇绿色散文《九女山》。当时人们对生态文明比较陌生，他却以此为起点开始了绿色散文创作。我很喜欢《捅燕窝》《黎雀声声》这两篇散文，与其说是写刘芳童年爱鸟的动人故事，不如说是他经受生态文明最早的启蒙教育。刘芳有幸受到这种启蒙教育，还留下一段绿色的情缘，这在《走进白桦林》中有感人至深的记述。

刘芳把林区作为创作源泉，把塞罕坝机械林场选为生活基地。20世纪60年代初，国家林业部决定在这里建一座现代化的国营机械林场以后，从全国19个省市区、24所大中专院校抽调100多名毕业生和新招工人，组成了一支360多人的绿色大军。经过一代又一代艰苦卓绝的奋斗，竟在年平均气温仅有零下1.9摄氏度的荒凉沙漠，营造出150多亩郁郁葱葱的大森林，成为国内人工造林屈指可数的奇迹。塞罕坝有无数林业精英，他们是用心血、热汗乃至青春和生命孕育绿叶的最可尊敬的楷模。因而那里是刘芳坚持“三贴近”的最好去处，春天寒风刺骨，盛夏花团锦簇，秋天落叶萧萧，冬天冰雪世界，他每个季节都去，好像那是他的一个新家，多年来他已经记不清去过多少次了。

在坝上林海的一个荒僻角落，海拔1900多米险峻的峰顶上有个望火楼。一对小夫妻坚守在那里，日夜观察着火情，被誉为守卫100多万亩森林的眼睛。一年寒冬，刘芳冒着风雪来此，不顾林场领导再三劝阻，执意要去“天宫”探望。后来在吉普车无法行驶的半山腰，他独自扒开一米多深的积雪，每前进一步，全靠攀着树干或紧拉着树枝朝前爬，一步一跌，硬是蹚出一条“雪胡同”，终于到了与世隔绝的望火楼，传奇般地与几个月没下山的小夫妻陈锐军、初景梅见面。正是这次历险般的探访，他写出了日后那篇感人至深的散文:《雪峰顶上有人家》。

不久，刘芳又从坝上林场走向遥远的边疆；从首都绿化工地，走向“三北”防护林的更大林区。随之迎来一个创作高潮。从1986年到1992年，出版了《黎雀声声》《夜宿竹楼》《绿的召唤》《绿染京华》四本散文集。它们都以生态文明和祖国林业为题材，反映了森林文化、花卉文化、竹文化、野生动物文化、生态旅游文化等多元文化，展示了人与自然和谐相处的美好景象。1993年百花文艺出版社又出版了《刘芳绿色散文选》，这是对他的绿色散文创作的肯定和称赞。

刘芳说:“我的作品是走出来的，脚板子底下出文章。”确实如此，每当他文思枯竭和惆怅时，只要走到林区就有了精神，有了灵感，有了激情，不少作品也就瓜熟蒂落。他因此尝到了甜头，所以在塞罕坝、在“三北”防护林，在云南、新疆的很多地方，都留下了他跋涉的足迹。在创作绿色散文的同时，他还像黎雀一样为绿色、为生态环境奔走呼号。北京、天津两大都市的主要水源，是发源并流经承德地域的潮河、滦河及白河。然而，人们对承德八县一市人民，在多年间如何保护、涵养这个水源，如何在艰苦环境中植树造林，如何顾全大局做出牺牲的情况并不怎么了解。于是刘芳迈开双脚，到三条河流经地域走访，写出了特写《送给京津清甜水》。文章在《人民日报》头版发表后，产生了广泛的影响，引起国家有关部门，特别是北京、天津两市领导的高度重视，市领导亲自来承德，并派人多次进行慰问与考察，建立起了互动的协作关系，并在经济等方面给予大力支持和帮助，促进了承德的发展。

刘芳在承德地委宣传部从事新闻宣传工作15年，如果继续下去的话，升个一官半职也不成问题。然而，在他主动要求下，却调入了被人们称为“清水衙门”的地区文联。自甘寂寞，进行绿色散文创作。年过花甲后仍奋进不止，发表了《潮河源的绿》《绿色明珠塞罕坝》《夜宿“美林”》等散文。《绿色的乐章》散文集的出版，全面展现了刘芳绿色散文创作的喜人成果，又一次圆了他童年的志向和梦想。现在，“绿色散文”已经成为一种创作现象，也是一个有着特殊内涵的概念。这是刘芳用大半生的时光营造出来的文学事业。可以说，他用心血和汗水，用青春和生命，筑起了一个能够孵化绿色、放飞绿色的巢。

原载2008年3月29日《文艺报》

（作者系著名诗人、评论家，承德市作协主席）

生命的底色

——读刘芳《绿色散文精选》

杨立元

作家刘芳出生在燕山深处的一个小山村，那里到处是青山绿水，是个有着天籁之美的绿色家园。绿色浸透了他的生命，浸透了他的血液，浸透了他的灵魂，成为他生命和创作的主色调，所以他被人称为“绿色文学作家”和“生态散文家”。他将塞罕坝林区作为自己的创作基地，因为那里是草原最美处。那里的绿是无数治荒造林的英雄们用自己的心血和生命所建造的。刘芳不仅仅被他们所感动，更被他们创造的绿色所诱惑，于是他以此为基点开始了绿色散文的创作。春夏秋冬，一年四季，他不知往那里去了多少次，他“膨胀着激情，生发着憧憬，在绿色的海洋中驰骋”，那里成为他精神的家园和灵魂的憩息地。

他饱蘸笔墨，大力讴歌创造绿色的人们。在《绿的拼搏》中，他歌颂了治沙英雄老潘。老潘在风沙中度过了几十个春秋，不畏艰险，不怕困难，在豆粒大的沙砾像子弹一样把他的脸打得红肿时，就用破夹袄、工作服把头包上，在沙丘里播种着胡杨，在沙窝里播下沙拐枣、梭梭、红柳和老鼠瓜，经过多年的努力终于控制住了流沙，在茫茫的沙漠中才出现一片新绿。老潘不畏艰险的治沙史，“是一部震撼人心的沙漠战斗史，是一部鲜为人知的英雄赞美诗”。作者从沙漠里那“不断延伸的绿色中，从被西北风吹裂的老潘脸上，似乎已看到了绿色的未来”。

一篇篇歌颂绿色的篇章，涌动着情的波浪、爱的旋涡、绿的色彩，那情、那爱、那绿，摇曳多姿，表达了他对绿色家园和建设者的挚爱。如在《绿色的小关庄》中，作者先融情于景，写出了迁西县小关庄人绿化荒山所带来的美好景色：“我们越过一条清澈见底的小溪，忽然阳光遁去，抬头一望，不知不觉已走进大森林之中了。刚刚萌生的嫩草闪着亮晶晶的露珠；一簇簇正要开花的映山红，羞怯地闪着笑脸，像有无数的婀娜少女隐藏其间；那挺拔高大的油松树，伸出长长的手臂，把万里蓝天擎起……这是一个温馨的世界，这是一片无忧无虑的乐土。”面对自然和谐、生态平衡的人类家园，他“无法控制自己，像是游子回到母亲的怀抱那样，‘噗’的一声坐在地上，望着碧绿的天空，听着百鸟的齐鸣，进入了一个企盼已久的绿梦中……”这是作者发自内心的情感，也是他源于生命深处的企盼。接着他寓情于事，寓情于理，生动地记述了绿色的保护神老书记张玉清忍辱负重、为民谋利、保护山林，使得“青山常在”，给全村人留下了一座“绿色银行”。同时，作者把自己也投放进去，化作一个绿色的字符，融汇到绿色的美文里。

在刘芳的绿色散文中，一切植物都充满了生机，赋予了情感思维，表现了人类美好的品性。如《红树林颂》中，作者对红树林的美态美质给予高度赞颂：“它们像英武的战士，日夜守卫着海疆，有时又像一道绿色的长城，把桀骜不驯、汹涌澎湃的海水堵挡在陆地之外。它们是陆地与海洋隔开的第一道‘防线’，是人类与大海抗争的英勇先驱。有了它，才有了大海与陆地的平等相处，有了它，才有了人类与汪洋的和睦共存。红树林是海岸线上的真正守护神。”正是由于红树林不畏艰险，挡住了冲向陆地的滔天巨浪，守护着海疆，“才有了大海与陆地的平等相处”，“有了人类与汪洋的和睦共存”。这种舍己为人的品德不正是人类最高的精神境界吗？在这里，“美丽的红树林”已然在我们“心中树起一座新的丰碑”，成为我们道德精神的载体和理想的化身。

他的散文充满了思辨的色彩和哲理的闪光，不仅有情感的浓度，还有理性的深度。如在他采访完“野人”张侯拉的事迹后，这样写道：“他从18岁开始植树，一直栽到87岁。他在九塔山上栽种的300多亩幼树全部成活，郁郁葱葱地绿了一座山，飘起一片云。他一生没有遗憾，从小就按照自己的意愿一步一个脚印地去奋斗、去追求，即使在人世角逐、互相争斗的动乱年代，他也没有白白地度过，每天都生活在大自然里。”“这是我所见到的一位真正把利禄功名视为身外之物的贤者，是我们民族和人民引以为荣的精英。当你亲眼目睹了这些先进人物的英雄事迹时，你能不为之感动和自豪吗？”他这种理性的归结，不仅升华了人物的精神，扩张了文章的内涵，也提高了我们的境界。

刘芳有浓厚的绿色情结，有深厚的生态意识，这是他对生态、对家园、对地球的保护意识凝结而成的。为了家园的美丽、为了人类的美好、为了地球的健康，他倾注了心血，倾注了生命，写出了一篇篇美丽生动的生态散文、绿色美文。现在我们所倾力建造的“和谐社会”，讲的就是人与自然的和谐；我们所精心塑造的“美丽中国”，说的就是心灵美好与生态美丽的契合，也就是一个没有污染、没有异变，充满绿色、充满美好的精神家园。

如今年逾七旬的刘芳，依旧像一个绿色的歌者，徜徉于绿色的山场、丛林和草地之中，不知疲倦地为绿色歌唱。

原载2013年7月12日《河北日报》

（作者系大学教授，著名评论家，享有国家特殊贡献的专家）

一曲绿色的主旋律

陆生

刘芳的创作始终把讴歌绿色环保作为最重要的主题。几十年过去了，他始终如一，高扬着绿色的主旋律，放声歌吟，演奏了一曲曲绿色的赞歌。

刘芳《绿色散文精选》中的每一篇文章都洋溢着绿色的情感，让人感到余音缭绕，回味无穷。他的文字就像一个个跳动的音符，在《夜宿“美林”》中他写道：“傍晚，森林静极了，就连喧闹的松涛也开始入睡。只有身下的绿草丛中和清澈的湖水里，还不时地传出几声蛙鸣。小木屋总是香喷喷的，像有人洒了很多香水。仔细寻觅，原来是木屋周围的金莲花、走马芹、野百合的花香，趁人们不在意时，争先恐后地从窗口处、门缝间挤了进来，像淡淡的花雾一样把小屋喷洒成一个芬芳的世界。一根根云杉的树枝，伸出毛茸茸的小手，也从刚打开的门窗处伸进来，晃来晃去，或握握你的手，或摸摸你的脸，人与自然，从来没有像现在这样亲近过。”如果不是与大自然零距离的接触，很难写出这么细腻而传神的文字。刘芳常年行走在山峰、树林、草地和湖泊，他对自然的感受非常个性化，也非常独特。比如，他把林中的月亮比喻成一个顽皮的小孩子，不停地与他捉迷藏，“她一会儿爬上树梢，一会儿又在林中慢跑。她忽而露出笑脸，忽而又藏在大树的后边。只要你走过，她就跟着从一棵大树，跳到另一棵大树之间……”其中人与自然的亲密与和谐，充满了诗的律动，让人感动不已。

刘芳对绿色的书写从来不是单纯的吟唱，他总是勾勒出一个个鲜活的个人和群体，歌颂他们为播撒绿色做出的贡献。刘芳的散文，无论把大自然描述得怎样壮观美丽，更突出的仍然是人的故事和主题、人的情感和信念，他的散文也塑造了众多感人肺腑的英雄形象。

在《野人小记》中，作者对野人张侯拉有这样一段描述：“一到山西保德，人们都在讲述着同一个真实的故事：他们那里有一位穴居山洞的‘野人’，抛下妻室儿女，离群索居，到最荒僻的九塔山上植树造林，然后把全部的绿树毫无代价地献给国家，直到87岁的高龄仍在造林不止……县委为了表彰他的功绩，在九塔山顶专为他立了一座丰碑，上面镌刻着他一生的事迹。北京一位雕塑家自费到保德为老人塑了一尊像。对于这些众多的褒奖，他只是轻轻地一挥手：‘太可惜了，又占了一块好地，要不还能栽几棵树呢！’”在刘芳的笔下，这种为环境保护献身的人，这样把利禄功名视为身外之物的贤者比比皆是。刘芳几十年坚持不懈的绿色散文创作和他对环保人物的礼赞，恰恰体现了他对这些英雄的敬意。

当下中国，环境污染是一个非常突出的社会问题，对此，我们不仅需要引起足够的重视，身体力行地保护环境，也需要更多的像刘芳这样的“绿色作家”，唱响保护绿色的主旋律。

原载2014年7月21日《文艺报》

（作者系著名诗人、原河北省审计厅厅长）

一片暖心沐画意　踏花归去马蹄香

——浅析刘芳“绿色散文”的艺术美

孙小飞

走进刘芳先生的“绿色散文”，葱绿自然、清新淡雅、纯美恬静、情趣盎然之风扑面而来，令人驻足品味、沉浸陶醉、怡然忘归。绿色山水、绿色心境、绿色人文和绿色守护水乳交融、相得益彰，奏响了一曲曲“爱的颂歌”。情深语近的笔法行云流水，洗练明快的文字婉丽典雅，如诗如画的意境畅达豪健，涉笔成趣的风格挥洒自如。对多彩自然的热爱，对淳朴风情的讴歌，对顽强生命的膜拜承载着作者无尽的情思，信手拈来，无须修饰，一抹新绿便是最好的表达，成就了“一片暖心沐画意，踏花归去马蹄香”的艺术之美。

一、用形象反映生活，情深语近的笔法化抽象为具体，化平淡为神奇，奏响了一曲曲爱与美的颂歌。

在刘芳先生的《绿色散文精选》中，随处可见鲜活立体、生动感人的典型人物形象，用一滴水反射出太阳的光辉。

《绿的拼搏》中的胡杨树和老潘都是治沙英雄。人物形象与物象融合，你中有我，我中有你。“这种树极为顽强，无论风沙怎样吹打，也不肯倒下，于是，便展开了生命的搏斗。黄沙天天来围攻它，它就在沙堆中天天生长，这就叫‘魔高一尺，道高一丈’。结果不但没有埋掉胡杨，相反，这树却阻挡了风沙的前进速度。”“其实，胡杨并不是治沙的唯一英雄。他只是像一个普通人那样尽了自己最大努力罢了。”老潘在动情地讲述着胡杨，也是在讲述着自己。他从 1973 年建站就来到吐鲁番，在沙漠中育苗，同风沙已经战斗了几十个春秋。“从不断延伸的绿色中，从被西北风吹裂的老潘脸上，我似乎已看到了绿色的未来”。

《鼓浪屿的女儿》一文中写道：“林巧稚也受‘琴岛’钢琴的声音所感染和熏陶吧？”她也喜欢音乐，不过，她却说‘我最爱听的声音是婴儿出生后的第一声啼哭，那是一首绝妙的生命进行曲，胜过人间一切最悦耳的音乐’。我的两眼开始模糊了，这位中国的女性，她的胸怀是多么宽广；她的博爱是多么伟大。她在一首如诗般的日记中写道：我是鼓浪屿的女儿，我常常在梦中回到故乡的大海边，那海面真辽阔，那海水真蓝，真美——人淡如菊的林巧稚，要求把自己的骨灰撒在鼓浪屿的大海上，真是赤条条地来，又赤条条地去，不留任何痕迹。此时，码头的上空飘来一片乌云，赫然滴答滴答地下起了雨，我用手一摸，脸上已缀满了许多水珠，或许苍天也在为鼓浪屿的女儿流泪吧——”

林巧稚幻化成圣洁的白衣女神，把全部的爱洒向人间。传神的比喻，生动的白描，使人物形象饱满中更添细腻，亲切中不失庄静。

“那些放荡不羁的灯笼花、大碗花和五味子，像淘气精似的，互相追逐嬉戏，顺着老树的脊背，一个劲儿地朝上爬，一直到老树的梢头，才披散开来，像灯笼一样在林中高挂；站在地上的柳兰花、虞美人、野芍药，虽不能爬树攀高，但也毫不气馁示弱，它们争奇斗艳，各显神姿，用最美的颜色，在林地上织成一幅幅花的地毯、花的锦缎，让人见了，真有置身于迷宫之感”。《林趣》一文如数家珍，对生活、对自然的热爱喷涌而出，跃然纸上。

二、明道致用，“出新意于法度之中，寄妙理于豪放之外”，光辉温暖、亲切宽和，醇甜而成熟，透彻而深入。

刘芳先生的“绿色散文”往往把现实和梦幻相结合，辅以拟人的手法，堪称神来之笔。梦见那对小燕子变成了一对年轻夫妇，悄悄地来到我的身边，轻声地说：“记住孩子，在这个世界上，无论人还是鸟，都有生的权利和存在的地盘，不要伤害别人，这是做人的根本。”（《捅燕窝》）勤劳宽厚的紫燕言传身教，给我上了生动的一课，从燕子身上学到了良好的品质和做人的道理。

“大自然赋予人类的太多了，几乎是无时无刻地不在做着奉献，可我们回敬她的实在太少了，而更多的是向她索取，甚至是掠夺，从这一点说，人在大自然面前，是应该惭愧的，不是吗？”（《坝上采蘑》）反思强烈，感悟深刻，由生活中来，到生活中去，说理明晰，情真意切，那种对正义和良知的拷问，彰显了更为深远、阔达、深邃的境界。

“像这样好的樱花，却整世纪地隐埋在这深山老峪里，无人问津，连它的名儿都无人知晓，怕这也是我们民族的一个小小悲剧吧——我们被埋没的东西太多了——”（《雾灵樱花》）作者对忽视文化保护的痛惜、迫切，令人动容。

“我长久地凝视着这座清新、明丽的乡间小镇，和这位像落花一样，正在用自己生命的最后艳丽美化生活的老人，心头不禁吟咏起龚自珍的著名诗句来：‘落红不是无情物，化作春泥更护花。’这不正是这位花神伯的写照吗？”（《花神伯》）倾情讴歌为建设美丽家园而无私奉献的普通人的勤劳智慧、纯朴善良，基调明朗，昂扬振奋。

三、如诗如画，意境畅达豪健；涉笔成趣，风格挥洒自如。

通读刘芳先生的《绿色散文精选》，让人深切地感受到，作品的写景抒情，或清新秀丽，或平实有趣。情景相生，摇曳多姿，意味隽永，给人以如诗似画的美感。

《捅燕窝》用语言勾勒出“这对紫燕的爱憎分明和乖稚可爱”——恩爱的小夫妻悉心筑巢，欣赏自己“艺术作品”和劳动成果的兴奋，对美好未来的憧憬和希冀；发现巢被破坏时吓蒙了，唰地一声飞出屋，死死盯住我，声嘶力竭地呼叫。而我为了报复，生发出一系列的心理变化，由恶作剧到捅个洞再到捣个稀巴烂最后悔恨、内疚。每个细节和场景都鲜活生动，宛若眼前。

《走进白桦林》中，清新灵动的画面衬托出白桦树宛若起舞仙女的绰约风姿，恬静澄澈，富有情韵，科学研究价值兼具审美价值，美轮美奂。《坝上采蘑》对“蘑菇圈”和“捡蘑菇”的描述，知识性、趣味性相得益彰，写得宛如一幅幅淡雅的风俗山水画，看似随意写出，却是无限传神，没有炉火纯青的功夫，是不能达到这种艺术境界的。

畅达豪健的意境，涉笔成趣的风格还原生活场景，文中有画，画中有文，画面质感、美感相得益彰。

四、“心情文字”洗练明快，不着痕迹，充满表现力。

所谓“心情文字”，情感浓郁，不事雕琢，出神入化，或色彩鲜明，或素缟淡雅，信手拈来，有“草色遥看近却无”之妙。自然无华，浅切平易的语言风格体现了刘芳先生驾驭文字功力深厚，力透纸背。

“为什么我对坝上林海有那么深深的牵挂？为什么一到林区就像回到了家？只有当我走近这一尘不染的林海时，才似回到自己可以信赖和依存的港湾：才可以远离疲惫和浮躁，让心灵得以宁静。”（《夜宿“美林”》）《绿色散文精选》中的作品阐释心情之恰切，拿捏之准确令人叹为观止。

《林趣》中“吓得四头小花猪，咴咴地直叫”“出神儿”“猫腰”“细粉儿”等词句有着浓郁的生活气息，鲜明的地域特色。细致入微的观察，传神的方言俚语，使得作品语言符合人物身份，诙谐又富有生趣。

刘芳先生的“绿色散文”充满着“爱的哲学”，也许再丰富的语言文字也不能评其万一，需潜心品味、用心灵感悟，方能得其真谛。愿“绿色散文”飘进万千读者的心田，让爱与美在“绿色散文”的引导下播种、生根、开花，结出丰硕的绿色硕果。

品读《绿色散文精选》，我温暖着、感动着……

（作者系大学教授、作家、评论家）

走向博大恢宏之境

——《刘芳绿色散文选》的启示

晓明

一个矢志不移地为呼唤绿色耕耘的作家，在他也始料不及的时候，突然受到青睐和赞誉。这恐怕不能说是机遇，更不能看作偶然——时代和生活终不会让文学寂寞，尤其是那些紧紧拥抱生活，热情呼唤人类文明的作家，社会会给予他们同样热情的回报。

《刘芳绿色散文选》出版后，很快引起社会和文学界广泛的兴趣和关注，全国近二十家报刊，纷纷发表书评和书讯。其实，正反映了社会对这种积极关注时代、关注人生(包括人类生态)、关注时代重大主题的作品的一种肯定和呼唤。

这本独具特色的散文集，收入作家近五十篇散文佳作，是作家十年来不改其痴地耕耘于属于他自己的绿色散文园地的又一收获。这些作品以一种令人怦然心动的执着，从人类文明和全球意识的高度，热情讴歌自然，描述着人类生态所面临的最严峻的挑战，发出振聋发聩的“绿的呼唤”。这种在题材取向上的独特个性，恰恰确立了作家所拥有的独自的艺术世界。这不仅显示了作家观照生活、观照社会独特的大视野，更张扬了作家一种文学要关注社会重大问题的恢宏的文学气度。

英国小说家康拉德说过：“艺术本身，可以说是一种专心致志的企求。”刘芳的散文创作，一起步便表现出对绿色难解难分的迷恋与追求。从他出版的第一本散文集《黎雀声声》，开始为家乡醉人的绿色和创造绿色的人们唱着恋歌起，直到近年来出版的《绿的呼唤》《绿染京华》《夜宿竹楼》以及这本《绿色散文选》，更是以一种格外的专注和痴迷，放足于他自己闯出的这条绿色散文之路。我们从《林趣》《鸟情》《走进白桦林》中，完全可以感到作家与大自然的一种天然默契般的相交相融。他以一种纯然的童心与痴情，向我诉之人类和人类赖以生存的环境的亲密关系，诉之人类应与自然万物风雨同舟的伟大情怀，诉之一个诚挚而坚定的信念如爱护生命般的爱护绿色，爱护我们的生存环境。是的，如若没有如此博大的襟怀，怎能去面对纷繁万千、博大恢宏的文学视界！正是这种爱心，赋予了作家超乎常人的敏感：当激变的时代加速现代化进程，在自觉地创造着各式各样辉煌的生命形式和生存方式的同时，也在不自觉地破坏着人类赖以生存的环境，践踏和毁灭着绿色……他的笔和心都变得格外沉重。作家的艺术良知和责任感，驱使着他的创作，一直沿着这个生态的焦虑点驰神走笔。他殚精竭虑、呕心沥血，呼唤着绿色，揭示着我们生存环境的裂变，并从这个特殊的角度，展示我们民族文明在这一方面的停止与演进。正如作家在《后记》中所言：“事实证明，一个民族如果不注重绿化，那就等于在慢性自杀。”的确，一个文明的民族是不会漠视我生存和幸福所依靠的生态环境的。让天更蓝、水更绿、山更青，这不仅是作家良知的呼唤，而且是人类良知和文明的呼唤。

走向阔大的襟怀，给予了作家一种开阔的艺术视野，他深一脚浅一脚地踅入塞北的野山原创，他举步维艰地跋涉于风沙肆虐的西北漠地，他不辞劳瘁地扑向绿荫匝地的西南边陲，用他的作品生动展现了中华大地在生态危机的声浪下，悄悄崛起的绿色革命。热情歌颂了那些蘸着生命的汗水，装点江山，艰苦创业的描春手和绿色播种人。《绿色工厂》《绿色的小关庄》《绿色的希望》等篇什，生动地描绘了在祖国的四面八方涌动着的波澜壮阔的绿色革命，怎样重新改造着那些裸露蛮荒的山野，抵挡和驱赶着那些连绵不断的沙丘，从而高扬起我们一度丢失的人类文明的旗帜。《绿的拼搏》《野人小记》《雪山顶上有人家》《林中腊月》，则向我们讲述了那些在难以想象的艰苦条件下，林区的工人和普普通通的农民，在创造和守卫绿色的岗位上，做出的那些感天地、泣鬼神的英雄业绩。如果说《雪山顶上有人家》写出了那对坚守在望火楼上的小夫妻，以与世隔绝的代价，守望着塞罕坝这北方绿色长城的郁郁葱葱，是怎样一种奉献精神的话；我们则从《“野人”小记》里，那抛下妻室儿女、离群索居的张侯拉，怎样把七十年的心血无怨无悔地洒在九塔山上的林海中，读出了什么是我们民族生生不息的奋斗精神，什么是我们民族的脊梁！那么，我们也就能读懂《林中腊月》里冰雪封固的高寒林区，林业工人用生命写下的“一日两餐有味无味无所谓、爬冰卧雪苦乎累乎不在乎”，横批是“志在林海”的对联所含藏的丰富的内蕴和高洁的风骨。

作家以一种荡涤万物的滂沛的激情，在散文的方寸间，抒写着我们大时代的壮观和大时代的性格，留下了大时代奋进的跫音。也同时为自己确立了在文学版图上别人无法取代的位置：还没有任何一位作家像他这样，十年来坚忍不拔地走出了一条绿色散文之路。这不仅构成了散文之路，还构成了散文世界一种有价值的独特存在，同时也启示着我们：散文应该而且能够走向博大恢宏之境。这不仅是个人的实践，更重要的是时代的呼唤！

绿的恋者

——散文家刘芳印象

颖川

驰骋于散文原野的作家刘芳，可说是位绿的恋者或曰绿的歌者。他对绿的恋情和恋意，莫说在河北，即使全国亦属罕见。这，固然跟他生长于绿意斐然的塞北山村不无关系；但，主要因子，恐怕还是他的独特的审美意识吧。

刘芳一旦离开绿色王国，俨若离开自家的亲人，吃饭不香，睡觉不甜。而一见到他那久违的樟子松或金丝柳，云杉树或白桦林，柳兰花或风铃草，野芍药或虞美人，则心境陶陶，意趣融融。他爱每一片绿叶，甚而连那绿色王国中的蓝鹊和画眉、百灵和鹧鸪、流萤和鸣蝉，他都引以为知己。

塞罕坝林海有他的足迹，木兰围场有他的萍踪；金山下录下他返璞归真的心史，雾灵山摄下他风尘仆仆的身影；翡翠宫复萌了他的童真世界，珍珠雨洗涤了他的灵魂。这位虔诚的绿的恋者和歌者，几乎踏遍了塞北所有大大小小高高低低的绿色王国。

对外开放的塞上林海，有两种反差强烈的际遇。——七月流火，游人如织，浴森林或澡花露以消夏；北风怒吼，飞雪寒天，寂寂乎无人问津。唯有这位痴情的绿的恋者，踏着雪径，顺着雪坡，带着雪笺，孤身一人去造访那监视林海火魔的“雷达”——夫妻望火楼。他在夫妻望火楼里采访时，看不到录音机，更看不到彩电。现代化的唯一标志，是放着一部用以报警的报话机。那楼主，吃的是含有一股松脂味的雪水，住的是四壁结满晶莹冰柱的一间小屋。“这哪里是楼，分明是一个破旧的古刹！”事后他曾感慨万千地对我说：“虽然报刊上看不到他们的名字，电视里看不到他们的音容，这一对默默无闻的伉俪，谁能说不是中国潮中值得大书特书的风流人物？”他有感于斯，为我们写出一篇题为《夫妻望火楼》的散文华翰。

他爱每一片绿叶，爱绿酽酽的森林，爱林中的鸟语和蝉歌，更爱那用心血和生命去酿造绿色世界的人生，九女山“神女”给他以感染，花神伯的心智牵动他的神经，林海的老同志给予他笔下诗情和画意，九塔山“野人”更启迪他理性的思考——

“人类走出洪荒，今又进入洪荒。这不是追求时髦，也不是所谓寻根，是偿还祖先的债务。重返洪荒，正是为了走出洪荒，恢复生态平衡。”他不愧为绿的恋者，这个绿色之于人生的见解，何等精致而深远。

他爱绿色世界的博大胸怀，爱山林同胞的崇高品格。他曾这样写道：“每当我漫步在林间小路时，总有一股泉水般的激情汩冒出。那丛丛的绿树，那茸茸的嫩草，那鲜丽的野花，那百鸟的鸣啾，仿佛是我一生中所见到的最美的诗；最好的画；最浓的酒”(见《绿染京华·后记》)。不是吗？他一走进绿的空间，“触摸到大山的呼吸，谛听到森林的絮语”，那种令人发疯的噪声和烦恼迅即消逝，而代之以清新爽朗的空气，湛蓝明净的苍穹，纯化心灵的情调和韵致，激人奋进的伟力和生机。这独特的审美活动和审美天地，铸成他散文创作的主体优势，铸成他散文作品的鲜明个性。

他相继出版的《黎雀声声》(花山文艺出版社)、《绿的呼唤》(林业出版社)和《绿染京华》(百花文艺出版社)等三部散文集，不就是他那优势和个性的注脚吗？而集中收入的《花神伯》和《车前草》,《燕山秋色》和《鸟情》,《森林浴》和《林趣》,《云杉赋》和《翠谷鸟鸣》,《系在绿树枝上的爱情》和《绿染京华》,《希望的绿色》和《绿名的路》。有哪篇离开绿川和绿野？有哪篇离开绿意和绿情？

他自称他的《绿的呼唤》是用绿叶订成的小集。(何止《绿的呼唤》？)那篇篇文字，行行墨迹，凝聚着他们绿的情歌和绿的恋歌。他说，“假如这个世界没有绿叶，宇宙将变得异常苍白；陆地将成为一片沙漠；生命将会永远消失；人类也将成为遥远的历史记载”(《绿的呼唤·后记》)。这不是一般性的抒情，这是发人深省的哲思。正因常常有着这样的思考，他不仅自己写绿歌绿赞绿吟绿，还呼唤当代中国更多的作家、诗人、艺术家走向森林，去热情讴歌绿叶，“去开创一个无比美好的绿色新时代”！德国诗人歌德留给人们一个极富哲味的常绿命题。刘芳的恋绿崇绿画绿歌绿，归根结底是呼唤常绿的生命之树。他爱每一片绿叶，其实他自己就是一片绿叶，一片执着于散文创作并不断更新思维方式、提高思维层次的绿叶。

灵魂的呼唤

——略论刘芳散文集《绿的呼唤》

程子量

大地，野风，麦浪，金色的阳光和无垠的花海，还有家园和人——这是更广阔意义上的大自然，无疑织就了刘芳梦的一部分。它是交织着自然色彩和灵魂之光的绿色之梦，它生于大自然，更源于心灵。

一个作家不是靠概念而是靠感情生活。对绿色情有独钟的刘芳，在饱浸大自然的天然气质又含蕴人生存在意义的散文集《绿的召唤》中，以如诗的情思描述着人类生存的永恒蕴藏，像古阿拉伯金色传说中的“芝麻开门”，为我们洞开子生活与自然的精髓与真谛之门。

当现代都市生活远离了大自然，使越来越多的人忘却了与那些有感情的绿色生命交流心灵的时候，刘芳却用一颗明澈的心投入大自然。他独悟到人与大地、与近乎神圣的碧绿之间维系着某种精神的、心灵的以至有些神秘的内容，一旦面对大自然，他便感到生命的蓬勃存在：“我一见绿色！森林，就像游子回到故里一样、有种说不出的愉悦和满足。我想，这也是一种运补归实的心迹吧”（《我走进白桦林》）。这种心迹的袒露、表达出作家与绿色之间的适意和默契。难以割分的自然意识与生命情意的流露、成为《绿的呼唤》中令人情动的和谐的韵律。厚重的文化意蕴与情感独白，使人领略到大地之子的真情。

对生态文明的感情和珍爱是刘芳发出声声“绿的呼唤”的出发点。但刘芳所要寻觅的，不仅仅是美丽的景致，灵秀的风光，他要寻找的，是现代生活与我们生存之根的维系点——那些浇铸着人类智慧与艰辛的大地之景，这才是刘芳散文景色的深处。

在文集的诸多篇幅中，作家透过如诗如画的自然风貌，深入到一个民族崭新的精神领域，把环境、景物的描绘同人物精神世界的刻画结合起来，笔端的最终落点放到了人这个大自然最杰出的精灵上。恰如作家在《后记》中所言：“我深深地挚爱这些象征着生命光彩的绿叶，但也更爱那些用心血乃至生命去创造这绿叶的人。是他们使大地不断出现新绿，使世界充满了美好的希冀，使宇宙出现了勃勃的生机。”对创造新绿的劳动者的赞美和歌唱，体现了作品的审美旨趣和精神价值。“请千万莫要忘记，那些为大地泼洒绿色的人，是他们把一生中最好的年华，甚至整个生命都在为你，为我，也为这个世界创造着绿叶，他们是最可尊敬的绿色播种人……”（《后记》）永恒的人类自我进取的力量是永远的唱诗主题，对劳动者意志、愿望的礼赞，为《绿的呼唤》增添了灼人的光芒。纷纷入泥的落花和花神伯的心灵异彩（《花神伯》）：流光溢彩的鲜花和卖花姑娘的洒脱秀丽（《卖花姑娘》）；峦荒的野山同闯荒山的姑娘的刚毅顽强（《闯荒山的姑娘》）；白云深处的老人常背的生命意志（《白云深处的老人》），无不深化出作家的心灵轨迹。在大自然这个参照系的深厚背景中，民族精神与人的丰富性得到了形象生动的展示。

作家还以深刻而独特的审美感受，敏锐地将自然界的变化同时代风云和人民生活的变化有机地交织在一起，揭示出自然是人的自然，人与自然共命运这一人类命运的大课题，在立足于自然与民族命运生存的共振点上捕捉“寻常百姓家”的美好追求和向往，透视人生追求过程中的痛楚与艰辛。《太行红枣》中满山的甘甜,《秦家庄小记》里飘溢的果香,《山里红》映红山里人日子的红果。《燕山深处》沉甸甸的秋色……都把大自然命运变化的思考融进人际遭遇中。十年浩劫的满山枯黄，现今政策带来的满山翠碧，既烘托心境，又兼有“比义”，引人沉思。

罗曼·罗兰说过：“谁热爱人类，谁在必要的时刻就一定要同人类作斗争。”《绿的呼唤》对被落后文化意识和野蛮的物质力量严重破坏了的人与自然的平衡，不无深沉的悲哀与慨叹，在一种冷静的氛围中灌注了挚爱的情愫：“大自然赋予人类的太多了，几乎是无时无刻地不在做着奉献，可我们回敬她的实在太少了，而更多的是向她索取，甚至是掠夺，从这一点说，人在大自然面前，是应该惭愧的……”(《坝上采磨》)。满怀的忧患与折磨、真爱与忏悔，令人触摸到作家的一颗痴心。《外国猎手在木兰》中两名外国猎手的狩猎意识和绿色和平精神，闪烁着人类共识内容的光辉，打动了作家的心灵，牵动了作家无尽的愿望，这中间既有深沉的文化色彩的思辨，又有对我们“吃”的痛楚反思。在作家深情地呼唤着生态平衡、丢弃自我戕害的同时，也在殷殷地期盼着人们重新拾起理智与良心，争取自然界的节日的到来。

刘芳无疑是一位用生命维系脚下这片热土和身旁每一枚绿叶的作家，他热爱阳光下的大自然，更热爱和讴歌景色中、泥土里、叶脉间的灵魂，热爱无限风光中的人。循着“绿的呼唤”，我们看到的是一个人性美与自然美通融共存的、陶冶和启迪心灵的艺术世界，使每一个忧于喧世而无能自娱的心灵进入一个更广阔、更宽松的天地，寻觅到人生难得的顿悟、鼓励、激动、平静与温馨。

原载 1990 年 2 月 8 日《河北日报》

一曲绿的赞歌

——读刘芳散文集《绿的呼唤》

尹志杰

中国林业出版社出版的《绿的呼唤》，是一本很有特色的散文集。集中二十五篇散文，都与花草树木鸟兽虫鱼密切相关。作者以碧波荡漾的草原和流金滴翠的森林为背景，或借景抒情，或托物寓意，精雕细刻，浓墨重彩，为“象征着生命光彩的绿叶”和“那些用心血乃至生命去创造绿叶的人”，写照传神。

《绿的呼唤》是近几年出版的为数不多的散文佳作之一。

作者刘芳系中国作家协会会员，河北散文协会秘书长。他为人温良敦厚，文质彬彬；为文笔调优美，绮丽清新。

他不是诗人，但具有诗人的气质，谙熟诗人的笔法。读他的散文最突出的特点就是具有一种浓郁的诗意之美。取譬设喻，新巧不俗；续续相生，妙语如珠。令人自始至终感受到那么一种美的氛围。在《我走进白桦林》中，他是这样描写的：“走进这林中时，我以为是进了一座空旷、广袤的露天大舞台，在一支轻柔、舒缓、窸窸窣窣的奇妙乐曲声中，只见一株株苗条、绰约的白桦伸出雪白的手臂和脖颈，滑动着一双双细白的大腿，举着新颖别致的绿伞，正在翩翩起舞，宛如一群刚刚浴毕的仙女，正在尽情地表演着流传已久的《天鹅湖》舞，一下子，就把人深深地迷住了。”类似这样的精彩段落，在《绿的呼唤》里，不需特意寻找，只要依次读去，清词丽句，触目皆是！

刘芳同志的散文文字优美，布局谋篇讲求意境。这本散文集是以森林为主要描写对象的，森林本身便是宝，所以在作者笔下，也就少不了对这座“宝藏”的介绍。从这本书中，我们可以了解到：桦树的汁液是一种不可多得的“森林饮料”，可以治疗贫血、浮肿、肺结核……绿色对人的神经系统及视网膜组织有调节作用，树叶能减少紫外线对眼睛的刺激，有的能分泌一种大气“维生素”……作者善于在人物对话中巧妙地穿插科学知识，亲切自然，水到渠成，不仅绝无枯燥干巴之感，而且丰富了作品的内容，使文章变得更加耐读了。

在这本散文集中，作者通过“热情讴歌绿叶”来唤醒人们的“爱绿之心”，“去开创一个无比美好的绿色新时代。”面对那葳蕤的树林，无边的草地，作者不止一次地写道：“大自然赋予人类的太多了，几乎是无时无刻不在做着奉献，可我们回敬她的实在是太少了，而更多的是向她索取，甚至是掠夺……”“我们再也不能随意践踏这些使人类赖以生存的绿色了！”不难看出，这里的“呼唤”已经接近“呐喊”了——保护动植物资源，维护生态平衡，这是我们每个中国人义不容辞的责任啊！细细品味，是颇能发人深省的。

据我所知，近几年散文集出版了不少，但专写“林业题材”的还极为少见。所以，刘芳同志《绿色的呼唤》的面世，委实是一件值得庆贺的事，他用他那支生花妙笔，为我们写出了一曲绿的赞歌，使众多读者为之陶醉，也为之警醒。我们有理由希望他创作出更新更美的散文，以满足时代的需要和读者的渴望。

原载1989年1月28日《中国林业报》

绿色散文，呼唤绿色

——评《刘芳绿色散文选》

清江

刘芳在绿色中出生，在绿色中长大，在绿色中玩耍，在绿色中上学，在绿色中劳动……绿色印在他眼中，绿色印在他心中，绿色注入他肌肤，绿色注入他血液……大自然赋予他绿色的感情。

于是，绿色自然会流入他的作品中。当然，这是自然的哺育，自然的流露，因而，他最初的绿色散文创作，还属自然，而尚少自觉。

随着走出大山，又不忘大山，特别是走进那“诱惑”得使人“沉醉”的林场，刘芳激情膨胀，“鼓起创作的风帆”，开始在绿海中驰骋，进行《绿的呼唤》，讴歌绿色。他发表了很多“绿色的散文”，1986 年至 1992 年间，就出版了《绿的呼唤》和《绿染京华》两本写绿色的散文专集。

刘芳呼唤绿色，他深深地懂得：“绿色，是生命的摇篮。没有绿色，就没有人类的今天。”绿色几乎已刻于刘芳之骨，铭于刘芳之心。因而，刘芳对那些不加节制的繁衍和滥加砍伐，造成赤地片片的现象，痛惜万分，恨之入骨。于是，在刘芳这个大山的儿子的心中，产生了“一种强烈的责任感、使命感”，有一股巨大的动力，激励着他，去讴歌绿色，以唤起更多的人认识绿色，保护绿色，创造绿色。这也便是刘芳能够多年坚持采访、创作绿色散文，那坚韧追求力量的来源。

在《刘芳绿色散文选》中，正可看到作者激烈跳荡的感情和激烈跳荡的心。面对散文创作中一些篇什的轻飘飘风花雪月的无病呻吟和龟缩于小心窝里的一点点低沉消极的心绪，刘芳的绿色散文创作不能不说是可贵的、令人产生昂奋心理效应的！

这种积极向上的效应，如刘芳自己说的，是那些风餐露宿，与大山为伍、心灵纯洁宽广、精神美的高尚的造绿色的林业工人对他的感召、感动、感化的结果。

当然，这也正是刘芳坚韧追求十余年，多次深入林区，采访植树护林人，住伐木工人小屋，冒零下 40 多摄氏度奇寒，呕心沥血，面壁秉笔，致力于绿色散文园地耕耘的结果。

大山之子的憨厚朴实，林业工人豁达朴实，也就决定了刘芳绿色散文的朴实风格，犹如青山绿水间吹来一股可人的绿色的风。

刘芳写绿色，他不喜写风花雪月的浅吟低唱，也不尚悬想的空灵情性，而是以实实在在的生活中的真切内容的记述和描绘，状绿色景，抒绿色情，歌绿色的业绩，颂绿色的播种人。文字既不去追逐华丽光彩，也没有故弄什么新奇古怪，而是以朴实的笔法、实实在在写来，多是运用传统的白描手法，把一派派生机勃勃的绿色画面展现于读者。

随着时间的延伸，时代的发展，越来越多的人对刘芳所坚韧地从事的绿色散文创作加深理解，加以认同和赞赏。多少文友，都在他绿的呼唤面前大受感动和感染。

人们发现，随着不文明生产所造成的天上地下的严重污染状况，绿色越来越受人亲近。从这个意义上说，刘芳无疑是在从事着一种清除污染、净化环境的工作。他是在进行绿化散文的文字创作，还可说是从事着绿化、和平的工作。他是在进行绿化、和平的工作。朋友们都说，中国若有绿色和平组织，刘芳定是最合格的成员。

绿色万岁！

春溪秋雨蕴深情

——读刘芳的散文

王玉祥

在“小说热”盛行之际，刘芳同志却在倾其心血，勤苦培植散文之花。几年来，他在《人民日报》《散文》《光明日报》《河北日报》《长城》等报刊上发表了二十多篇散文。他的《木兰围场行》，最近在中央人民广播电台、中央电视台和《旅行家》杂志社等四单位联合举办的“我爱祖国山河美”游记征文中获奖。这是他散文创作的新收获。

刘芳是在塞北山乡成长起来的。他熟谙故乡的风土人情，眷恋故乡的山水乡亲。党的十一届三中全会以来故乡所发生的日新月异的变迁，更激发了他火一般的创作热情。于是，他拿起笔来，把一篇篇充满诗情画意的作品奉献给故乡人民和广大读者。

基于以上的原因，刘芳的散文，便每每着意调用别具一格的乡土色彩，描绘出一帧帧清新活泼的山乡风俗画，《山村“嫂子集”》和《九女山》(发在《人民日报》)，以及《春雨》《山里红》(发在《河北日报》)等，像朗朗的春溪，爽人耳目。

其中最有趣的当推《山村“嫂子集”》了。作者用平实活泼的语句为我们描绘出这“嫂子集”上的独特风情：

“……那狭窄的街道上……来往的行人，几乎全是青年妇女。她们脚上穿着绣花布鞋，胳膊挎着彩色的柳条筐，身上穿着花布褂，鬓角辫梢还插着新鲜野花——从上到下，真是全是花，乍一瞧，简直像进了一座漂亮的花市……”

“狭窄”，山区的地理特征；“绣花鞋”“柳条筐”，不正是北方的特色吗？从那“鬓角辫梢”上的“野花”，又可想见她们对美好生活的追求和自豪。这寥寥几笔，既流泻出鲜明的乡土色彩，又洋溢着浓郁的时代气息，因为只有在“如今落实了党的农村经济政策，这里才由穷变富，光棍们才娶上了老婆”。人们才有如此精神面貌。怪不得“花市”般的“嫂子集”充满生机，原来是党的三中全会给山村带来了富裕和欢乐。这就使这幅山乡风俗画又富有浓郁的政治抒情色彩。

《九女山》则以山区人民战天斗地、绿化荒山的颇具浪漫意味的瑰玮宏图为背景，勾勒出一位山区青年妇女的形象。在《山里红》中，作者又为我们描绘出一幅绚丽夺目的山区红果秋收图。眼前丰收的狂喜淋漓尽致地烘托出来。

刘芳的散文，不做那种波谲云诡、石破天惊的气势，却往往以轻柔细腻的笔调，从一些寻常事物上触发深婉的蕴含哲理的情思，像绵绵的秋雨，沁人心脾。可以看出他对杨朔散文的师承。他的《花神伯》(见《人民日报》)，开篇描绘“艳如绯云红雨”的桃花“飘飘洒洒，泼了一地”之后，钟情地赞叹道：

“……它们哪里是在落花，分明是用自己生命留下的最后颜色，再一次装点江山，美化生活，给人留下一帧新美的画册……”

落花，是常见的自然现象，泛泛地吟赏一番也不为奇；但能深入一层，如此细微地悟到它的意义和价值，以诗的情韵阐发出来，这是作者的独到之处。赞美落花，深意在此！这使读者不仅对“花神伯”似的不遗余力地造福后代的革命老一辈满怀崇敬，而且要冷静地思考一个严肃的生活课题：人，应该怎样度过自己的晚年？

再如《黎雀声声》，作者是由己及人，生发开去的。黎雀，在燕山山区是多么不惹人注目的凡鸟啊，然而，作者却凭着诗人般敏锐的感触，发现了这种小生灵身上固有的许多不凡的东西。它们每天“一蒙亮”就起来“一丝不苟”地为人们鸣叫报时，哪怕“就是下刀子”，也不例外。

刘芳的散文，有坚实的活基础，也很注意在写景状物上面下功夫，因而不乏精彩之笔。

《网》描写外公家乡的暮春景色，风韵旖旎，使人想到陶潜笔下的“桃花源”。不仅渲染了环境气氛，更烘托出外公美好的心灵。《木兰围场行》(见《旅行家》) 紧扣一个“绿”字，借助新奇的夸张，以动写静，把一片林海描摹得气韵奔流，如扑眼底。

“山绿了，水绿了，就连空中飞翔的鸟和飘拂的云，也都抹上了一层清幽幽的绿意。举目远眺，只见莽莽苍苍，像有无边的绿浪，正在铺天盖地般地涌来，没有尽头”。刘芳散文的长处，不止于此。草草谈来，略见一斑。如果谈到不足的话，我们觉得，结构还可以力求多变，题材还可以更趋广阔。相信他的散文创作会有新的努力。

绿色交响曲

——读刘芳散文集《绿染京华》

尹志杰

中国作家协会会员、河北省散文学会秘书长刘芳，是一个很有“内秀”的人。外表看来，像是个儒雅文静的“书生”；然而，他却有着惊人的毅力。短短四年时间，他竟神不知鬼不觉地结集出版了四本报告文学和散文集。

刘芳和我并无深交，但他不弃阿留，奖掖后进，每有新作出版，总不忘赠书给我。这次也不例外。正当我杂事缠身，头昏脑涨的时候，一本11.2万字的散文集《绿染京华》(百花文艺出版社出版)，又通过“鸿雁传书”，摆在了我的案头。看着那色调明快的封面，读着那清新流畅的文字，我纷纭杂沓的思绪，立刻变得澄澈明净了。

有人说刘芳是站在“绿色文学”麾下的一员宿将，这自然不是毫无根据的揄扬，是有他创作实绩在的。从《黎雀声声》《绿的呼唤》到《绿染京华》，接连3本书都是以“渴望绿色”“呼唤绿色”，歌颂／“创造绿色”的“播绿人”为创作基调的。像他这样十几年如一日，跋山涉水，孜孜以求，“专事描写林业战线上的先进人物和事迹”的作家，生活中并不多见。

同他以前发表的作品相比，《绿染京华》最大的特点是：篇幅浩繁，气势恢宏，内容充实，写法多样。如果说他那些短小优美的抒情散文是一首首空灵恬静的“田园诗”的话，那么，他这些纪实散文就应是一首激昂奔放的“交响曲”了。

《绿染京华》由七篇作品组成。这七篇作品宛如七朵姿态各异的鲜花，我更偏爱其中《绿染京华》这一篇。原因是，它最能体现这本纪实散文集汪洋恣肆的特色，也最能标志近年来刘芳散文创作所达到的水准。

从篇幅、字数上看，《绿染京华》多达102页，6.3万余字，占全书总字数的一半以上。可谓蔚为大观。从容量上看，以首都周围绿化工程为中心。辐射张家口、承德、唐山3个地区、12个县、30多个乡村，涉及上至中央领导下至普通农民大大小小60多个人物。可谓多姿多彩。从跨度上看，古今中外，兼收并蓄，既有苏东坡、林逋等人植柳种梅，美化环境的趣闻佳话，又有瑞典、日本等国兴起绿党，实现国土绿化的有益启示。可谓包孕丰富。从写法上看，有鸟瞰，有特写，有“泼墨”，有“工笔”，该放则放，该收则收，详略得当，各有千秋，作者无意卖弄技巧，却又时时处处体现着技巧——就拿每小节的开头而言，或开门见山，直接切入；或盘马弯弓，迂回曲折；或高谈阔论，发人深省；或片言居要，饶有诗趣——就像一位训练有素的演员，一投足，一举手，总显得那么得体，那么恰到好处。可谓颇具巧思。

《绿染京华》通过树立正面典型，来激励人们励精图治、创造绿色的热情，以此寄托作者：“重返大自然”，实现“人类进步和文明发展的一次新的跨越”的美好理想。作为一名木兰围场人，我在阅读这本散文的时候，心情是颇不平静的。因为书中多处提到我的故乡，有褒有贬。我为故乡那些扎根荒山，含辛茹苦，“通过自己默默的奉献，给祖国换来片片新绿”的“洪荒人物”感到骄傲和自豪；同时也为那些“什么活儿也不干，专靠砍山吃饭”的“伐木者”感到赧颜和痛心！森林是“绿色的保姆”“生命的摇篮”。遗憾的是，现在我国的森林面积和蓄积量分别只有世界人均水平的18%和13%，这是一个严酷的现实。“一些有识之士正在奔走呼号，决心改变现状，重新使我们生活着的这块国土变成一片绿荫！”——这就是《绿染京华》所蕴含的深远意义，也是刘芳对绿色文学的“一份献礼”。

让我们都来听一听这支绿色的交响曲吧！

为绿色革命高歌

——刘芳散文集《绿染京华》读后

徐毅

站在“绿色文学”之麾下的散文家刘芳，凭着永恒的爱心与痛楚的忧患，以散文集《绿染京华》再一次向人类与自然、和谐与文明、理想与家园奉献了一首明澈的歌谣。这无疑是一位珍爱家园的歌者奉献给生命源头与大地母亲的最珍贵、最神圣的礼物。

从辑入七篇纪实性散文的《绿染京华》中可以看出：绿色，在刘芳的散文世界里已成为一种精神，一种境界，一种品格，一种成为具有象征蕴含的意象。走进《绿染京华》，你就如同走进一片心灵与自然、魂魄与绿野通融一体的诗意天地，走进作家的愿望与理想——祈盼广大辽阔的绿色覆盖着人类与自然的温馨、和美、诱人的共存；希望未来的岁月与梦境，涂满的是朝露般鲜活而诗意的绿色。在这种爱心烛照下，《绿染京华》以热爱人类幸福和痛苦的博大情怀强烈地感染着我们，仿佛使我们听到一位漫游在绿色天地里的不倦的歌手，那种亲切、神圣而又虔诚的歌声。

“绿色，是生命的象征；绿地是生命的摇篮”。《绿染京华》对养育我们的绿色的珍爱，对人类重归自然和谐的呼唤，不啻是附着在“大爱”背景下的殷切期盼。“重回大自然，像当初森林曾经养育了人类那样，现在人类又开始恢复森林。这绝不是愚昧的回归，而恰恰是人类进步和文明的一次新的跨越。只有这样，才有人类希望的未来”（《绿染京华·第二章重回洪荒》）。作家首先在意识上返回了自己古老的生存源头，感受到人类回归自然的使命。“人类从洪荒中走来，现在又要重回洪荒中去，这绝非历史的必然，而是我们这一代必须偿还先辈们欠下的债”。“重归洪荒”的提出，倾注了作家在人类生存这一大课题上的真知灼见，也化入了作家对人类生存历史的严肃审视和反思。他以强烈的责任感、使命感和清醒的生态意识，期盼着更多的人从失落的地方重新找到补偿的机会，重新品味绿色，品味人类自身的位置，从心灵到肉体实现回归。这是生命的回归，自然的回归，也是灵魂的回归。

重建绿色家园，实现回归，完成对人类进步与文明的新的跨越，仅仅有良好的愿望是远远不够的，它更需要的是行动。作为一位敏感而成熟的作家，刘芳在呼唤“重归洪荒”的同时，也为我们展示了一个个富有个性与魅力的播绿人的风采，展现了一个古老民族在建立新的生态思维、生态伦理和生态素养所必然经历的艰辛困苦的过程，为祖国绿色长廊刻画了一系列光彩照人的播绿者的形象。读《绿染京华》，你会感到，刘芳的审美对象随着中华大地绿色革命的崛起而投放到每一个播撒绿色种子的地方。他跋涉在西域沙海中，惊讶姹紫嫣红的绿洲，记录下戈壁花城的绿色奋斗者的耀眼足迹（《戈壁花城》）；他攀山峁，跨沟壑，为的是一睹播绿“野人”可尊可敬的无私奉献与追求（《“野人”小记》），他用炽热的心与海拔几千米高山上从事森林防火瞭望的年轻人交谈。（《夫妻望火楼》）……这些播绿人和绿色卫士的拼搏与奋斗，信心与憧憬，进取与开拓，带着丰沛的生活质感和社会内容，在生动的形象、丰富的情感和作家审美理想的有机结合下凸现出来，感人至深。

作家深知，“对绿的爱，需要付出心血，付出牺牲，付出爱情”。于是，他的眼光和笔穿过茫茫荒野，寻觅到奋斗在荒山野岭间的播绿者心灵的绿洲，着力于对这些以青春、家庭、爱情甚至生命为代价来换取新绿的人们的热情歌颂。因此，作家笔下有了把一块珍贵无比的绿色宝石交给祖国的“三八”林场姑娘（《系在绿树枝上的爱情》）；有了“白了自己的头，绿了荒山头”的林场带头人（《绿色的路》）；有了苦干苦斗三年使荒山变成森林的老人感人肺腑的一席话——“现在，林场出十万现金要买我那片山林，可我就是不卖。再有十年，那片森林就值几百万，甚至上千万。虽然我这一辈子享受不到，但是可以给国家和子孙后代留下一份家产”（《绿染京华·第三章蓬勃崛起的“绿色工厂”》）……这些播绿者们高尚、庄严、美丽的心灵的昭示，也体现出作家对人类拯救自身和自我奉献的那种悲壮、雄奇的行为的认知。另外，作家也为唤醒人们爱绿、护绿、播绿的良知和坚定创造美好家园的信念而直抒胸臆：“让我们的青年人都像望火楼上小夫妻那样关心绿色，爱护绿色，献绿色，我们就不愁大地不能绿化，万里江山不变成一片锦绣！因为，人类已经到了渴望和呼唤绿色的时候了。”

深陷在“绿色情结”纠缠之中的刘芳，以真诚而崇高的审美观照和对绿意独到而深刻的审美感受，从心灵上回归自然，回归母爱，并通过《绿染京华》进行了传递和表达。每一枝绿叶，每一缕清风，每一座青山，每一泓碧水，在刘芳的眼里都显得那么神灵明澈，成为交谈、审视和谛听人类与自然心音的契机。这就表现出一位忧患生存的智者对绿色氛围的领悟，一个从恢宏的人类共存意识的视角透视现实、闪烁批判锋芒的歌者的心声。尽管这位歌手还有着许多的忧郁。

散文集《绿染京华》的完成，已经表现出刘芳对绿色文学的自觉追求，并将他的绿色散文的创作推向了一个新的境界。从而使绿色散文具有了完整性、深邃性和独特性，它们构筑起不容忽视的认识价值和审美价值。

刘芳散文印象

刘毅

在河北作家中，刘芳是起步较晚的一个，算来他在散文园地耕耘满打满算仅十年，然而却是进步长足，成绩斐然——有的入选中学教材，有的收进《散文选刊》，四次在全国性散文征文比赛中获奖，出版有《黎雀声声》《绿的呼唤》等几部散文集，更引人瞩目的是，刘芳散文的风格特征日臻鲜明，这无疑标志着他的创作已进入成熟阶段。

曾经，“生活是创作的源泉”被视作过时的信条而在文坛遭受冷落。殊不知真理恰恰是朴素而永恒的，也确实有不趋时赶潮，执着于真理而脚踏实地走自己的路的人，刘芳就是如此，读他的散文，最先感受到的是一种扑面而来的馥香淳朴的生活气息，这不只是一种印象，而是像攥得出浓浓的汁液的浆果一样真实，请看作者的一段状物描写：“我心醉神迷地在山路上走着，蓦地，一阵清脆悦耳的啾啾叫声从林中响起。我站在路旁一望，原来是一对长尾巴鸟攀在树枝上，正鸣叫不休。这对小鸟在斑驳的阳光折射下五光十色，异常艳丽，其体态轻盈灵秀；其颜色斑斓多彩；其声音婉转悠扬；其神情乖稚可爱。它们的头部呈黛黑色，但却点缀着像雪花一样的斑点，跟女孩子蒙了花头巾一样好看；鸟儿的背部为紫蓝色，闪闪的，发出一种幽蓝的光；其尾巴特别长，由一簇羽毛组成，中间的尾羽为深紫色，两边的羽毛洁白如雪，像两根银色的飘带那样光彩耀眼。长嘴和细腿的肤色橘红，更衬托出整个鸟身的倩姿丽影，这鸟儿走起路来，不是双脚移动，而是像舞蹈似的很有节奏地跳跃，颇具音乐感，它们一点也不怕生，见我站着不动，就从树上溜了下来，在我身边发出一种更为细嫩的啁啾声，叫得人心里直发颤。”这里，使人艳羡的不是作者那工细传神的文笔，而是他拥有并将心灵沉浸其中的情感。正是多彩多姿无比丰赡的生活赋予刘芳的作品一种独特的攫人的吸引力，或者按歌德的话说，叫作“感性魔力”。他涉笔花树、鸟、果总是如数家珍信手拈来，却又描述得头头是道，他写那种生长圈呈“S”形，直径一尺二寸的天花板蘑菇，让人掩卷难忘。他写那种叫声如“早起—打水”的黎雀，令人为之着迷，艺术一般总是从感性的表层最先动人，而真正做到这点并不容易，我们高兴地看到刘芳在这一点上反而有些举重若轻。应该说，刘芳散文的魅力首先得益于他是一位热爱生活的实践者，是从事新闻报道工作多年的丰富经历使他熟悉燕山的山山水水、风土人情，近年来，他更是尽可能地在生活里“泡”，从霍尔果斯河的中苏边镇到澜沧江畔的西双版纳，从火城吐鲁番到湿润的黄海之滨，到处留下他的足迹。日益丰厚的生活使他的作品洒脱自如，毫无面壁虚构捉襟见肘之窘相，尤其值得注意的是，刘芳从艺术生活的规律出发，正有意识地强化题材优势，更多地关注和表现与林业、大自然有关的内容，这种“懂得限制自己的范围，不旁驰博骛”的追求，不正是歌德所推崇的“最大的艺术本领”吗？事实也证明，刘芳将自己熟谙的生活领域作为创作的支点并不是画地为牢，而是一种发挥优长的智举。读他那本由中国林业出版社出版的《绿的呼唤》，随作者徜徉于林海绚丽的风光和迷人的情趣，会令人引发深深的感叹，赞叹作者那“富有得流油”的林区生活，赞叹作者的娴熟、饱实，赞叹只有当美的意蕴与自然和理想保持高度一致时才得以焕发的神采……

只有不与生活疏离，才能不与人民疏离，才能不与艺术的生命和灵光疏离，这是刘芳的散文提供给我们的鲜明启示，刘芳的灵感触发的敏感区是山林，他的目光多投向蓊郁的绿色，他的作品明显地得江山之助，但是他却不专意描山摹水，而只是将大自然的秀色作为画布借以衬托“对象”。他所全心追踪的是生活的旋律、时代的风采以及作为这一切内容的主体的人。用他自己的话说：我深深地挚爱着这些象征着生命光彩的绿叶，但也更爱那些用心血乃至生命去创造绿叶的人。是他们使大地不断出现新绿，使世界充满美好的希冀，使宇宙出现了勃勃的生机。（《绿的呼唤》后记）因而，最终在绿叶扶疏中出现在我们眼前嵌入我们记忆和情感的，是那些如同生活的音符一样血肉丰满的山乡父老姐妹，是那些感天地泣鬼神，平凡而又伟大的造林护林模范们，是那些邂逅于人生驿站然而却精神长存的山南海北的普通劳动者。刘芳正是倾注自己的才情和爱心，在最适合自己的“自然与人”的题材框范中发挥出较大的精神能量，为当代散文的画廊奉献出一帧帧具有时代特色和地方风味的作品。

对于散文的笔法和抒情风格，刘芳所偏爱、选择的是较为质朴、明快的一种。由于有扎实的足以应付裕如的生活做“后盾”，刘芳似乎不大在如何表现上呕心沥血，而更看重“得心应手方是文章妙境”（王统照语）的真谛，多取一种自然，迂徐的写法，让浸透情愫的文字随心所欲地按作品的河床自由流动，所以，刘芳的散文读起来很舒服。例如，“这是我来吐鲁番最宁静的一夜了——那原本就清幽的月光，在满街巷的葡萄浸染下也渐渐地绿了起来，琼浆玉液般地在流泻，使大漠中的小城，呈现出一种梦幻般的绿色朦胧”。（《边城夜话》）以写景开启全文，自然而不造作，皆为心底涌出的感受。

还是因为凭着生活，刘芳的作品能够达到叙事与抒情水乳交融般的糅合。既是篇篇有事，又是事事见情；既是笔笔见人，又是人在情中。例如，《火焰山观绿》中先是以行踪为线写有生以来所见到的最为壮观的生命搏斗”虽写的都是植物，但情感蕴含其中。之后是写造林英雄柯生荣，虽是记人，但人物精神已经融进全文的象征性“内核”，因而当结尾作者将英雄老人比作一棵不屈的梭梭树时，就显得十分贴切而形象，给人以顺理成章之感。类似这种寓意于物又以物喻人，寄情于人又以人衬物写法的还有《车前草》《花神日》等，这种不加雕琢，诉诸真情，通过主客体双向交流产生的抒情风格也是刘芳散文质朴美的一个侧面。

刘芳的散文少有大段波谲云诡的抒情，他似乎更喜欢将内心独自流露得简洁、精当——“看白之悠悠，听林涛阵阵，我感到生命的充实，心灵的自由，人生的坦荡”，而且，刘芳散文的情感有的简直就是融化在画面感很强的境界中难以离析的——“傍晚时，我和三叔正在门旁闲坐，无意中‘噌’的一下，房前那座峭拔的高峰像火柴杆似的，竟把月亮给划着了，于是，那连绵的山岳，黑黝黝的树林，斑驳的村落登时都抹上了一层清幽的月色，那么静谧而又迷离”。因为熟悉生活景物在胸，且长于设色，所以，这种寓兴于画，思与境谐的描写在刘芳的作品中很多，也十分符合广大读者的传统审美习惯。

屠格涅夫说得好，作为一个真正的艺术家的标志，“重要的是自己的声音”。散文以抒情为艺术特质，理应因抒情主体的个性、品格的不同而传出“自己的声音”。但是实际状况是，散文之林中失于流俗平滑的不在少数，其中一个主要原因就是缺乏生活和对生活的新鲜感受。我们欣喜地看到，刘芳的作品由于生活根底深厚，地方特色浓郁而并不沾染上述通病。倒是每读到那回荡着对绿的呼唤，浸透着对山乡的眷恋、穿插着乡俗淳风的文字而令人感奋。这大概也是生活回报给刘芳的馈赠吧。我们衷心祝愿刘芳珍视自己创作的优长，并进一步拓宽视野，不断提高艺术造诣，让笔下的散文之花开放得更加灿烂。

“绿叶订成的小集”

——读刘芳的散文集《绿的呼唤》

棄驼

“这是一本用绿叶订成的小集。那篇篇文字，行行墨迹，凝聚着的是我对绿叶的赞美。”刘芳在他的第二部散文集《绿的呼唤》的后记中这样写着。

一口气读完《绿的呼唤》感到作家的自白诚非虚致。而且，像这样专门写“绿”的集子，在当代散文领域中还是不多见的。绿，是生命的象征，也是活力的源泉，尤其是在当今整个世界的环境污染几乎无不日趋严重的情况下，“绿的呼唤”就越发显得必要，而呼唤绿的文学，也就越发显得可贵了。

几年前，当刘芳的第一本散文集《黎雀声声》刚刚问世的时候，作为他的读者，我曾在一篇读后感中谈到，他在可喜的成就面前能够保持足够的清醒和谦虚，念念不忘自己的不足，并十分努力地弥补之，这正是他获得更大成就的前奏。果然，这种预测很快变为事实。才过了一年多，他的这部《绿的呼唤》便与读者见面了。同时，他的佳篇一次次在全国性散文征文中获奖，又一次次被收载于《散文选刊》，尤其被人视作殊荣的是，他的《边城小店》新近已被选入我国的中学教材。

只要将他的两部集子认真地进行一番比较，就可以发现，刘芳的以北方山川人物为主要描写对象的乡土散文，不仅依然保持着那颗未泯的童心，洋溢着以寻幽探胜、履险登高的雅趣，蕴蓄着从寻常事务中触发哲理的遐思；而且，在思想内涵与艺术表现上又有了新的明显的长进，这就是，注重于从宏观上对与国计民生密切相关的自然和社会方面的问题做深远的富于理性的探索和阐释，不是凭借空洞的议论和干巴的说教，而是有机地融合在篇什中，伴着一种优美动人的情韵流泻出来，因而很有说服力和感染力。从这种探索和阐释中，分明可以领悟到，而今的乡土散文，无分清北，都已经不能再是封闭天地里的古朴悠扬的旧式牧歌，而是在社会经济和各种意识形态都在发生着人们始料不及的妒变的时代大潮下，随时调谐着自身旋律的新式奏鸣曲。

站在这个角度说话，我首先十分推崇这部集子里的《我走进白桦林》《外国猎手在木兰》诸篇。尤其是《外国猎手在木兰》，当时在《中国旅游报》副刊上一发表，便以别具一格的艺术情节吸引了我。往常，人们——写到外国或外国人，一写到与外国人的交往，便是友谊，友谊。这个主题，写得多了，难免使人感到索然无味而失之肤浅平庸。刘芳则不然，他完全抛开这个框框，在选题立意上自辟蹊径，一下子便获得了成功。

其次，像《我走进白桦林》中由白桦林所给予人的整个身心的“美的熏陶”和“善的洗礼”而引出的珍重大自然和爱护森林的由衷呼唤，以及“破坏森林，不只是犯罪，而且也是在毁灭人类自己”的告诫；《森林浴》中由坝上草原的自然美而引出的对人类的心灵美的深邃的联想；《雾灵樱花》中由“深山老峪”的一树樱花长期埋没而引出的对于我们整个民族的悠远的思索，也都传出了令人警醒的时代的回声，足以引起人们的关注。这无疑是作家与时代俱进的创作思想的表现。

绿，作为生命的象征，当然是可贵可赞的；而创造绿，保护绿的人呢？难道不是更为可贵可赞吗？于是，在这里，刘芳为那些为了创造绿和保护绿而献身竭力的人唱出了一曲曲热烈的赞歌，这就是他的三篇报告文学力作：《闯荒山的姑娘》《一位县委书记的信念》《夫妻望火楼》。这三篇力作是屈于塞北的，又是愿于时代的。刘芳立足于塞北这片养育了自己的热土，以一位优秀的新闻记者的敏锐目光摄取了所需书写的题材与人物（不管他们是置身于茫茫人海，还是匿迹在漠漠荒原），又以一位富有个性的散文作家的生动笔触写出了这些人物的思想性格，写出了他们的事业，他们的挫折和成功，他们的甘苦和忧乐，给人以现实的多方面的启迪。

当今的散文和报告文学，已经在注重更多地从哲学及其他社会科学的角度来观照和思考社会与人生，这当然是有益的，在这类作品的上乘篇什中，虽无甚连贯的情节和清晰的场景可寻，但其精辟深透的议论自可夺人心魄。在这种潮流面前，刘芳以不变应万变，坚持发挥自己的优长，发展自己的风格，这也是无可非议的。倘能成功，何必一窝蜂地拥上同一条路子！所以，在他的散文特别是这三篇报告文学中，描写（更确切地说是白描）仍是主要表现形式，只有在适当的关口，才插进几笔切中肯綮的议论，犹如骨鲠在喉，不得不吐。这种文风，与他平日注重实际，不尚空谈的特性也许不无关系吧。

摘自1990年《光明日报》——博览群书，第8期